TAMBIÉN DE PAULO COELHO

*El Alquimista*

*El Peregrino*

*Brida*

*Las Valkirias*

*A orillas del río Piedra me senté y lloré*

*La quinta montaña*

*Manual del guerrero de la luz*

*Veronika decide morir*

*El Demonio y la señorita Prym*

*Once minutos*

*El Zahir*

*Ser como el río que fluye*

*La bruja de Portobello*

*El vencedor está solo*

*Aleph*

*Manuscrito encontrado en Accra*

*Adulterio*

# La espía

PAULO COELHO

# La espía

S

VINTAGE ESPAÑOL
*Una división de Penguin Random House LLC*
*Nueva York*

PRIMERA EDICIÓN VINTAGE ESPAÑOL EN TAPA DURA, OCTUBRE 2016

 Información de catalogación de publicaciones disponible en la Biblioteca del Congreso de los Estados Unidos.

**Vintage Español ISBN en tapa dura: 978-0-525-43281-4**

www.vintageespanol.com

Impreso en los Estados Unidos de América

10 9 8 7 6 5 4 3 2 1

Oh María, sin pecado concebida,
ruega por nosotros que a Ti recurrimos.
Amén

*Cuando, pues, vayas con tu adversario al magistrado, procura librarte de él en el camino; para que no suceda que te conduzca ante el juez, y el juez te entregue al alguacil, y el alguacil te encierre en la prisión. Te digo que no saldrás de ahí hasta que no hayas pagado hasta la última blanca.*

Lucas 12: 58-59

Basado en hechos reales

Escena de la ejecución, 1917. Colección del Museo Fries, Leeuwander, Países Bajos.

# Prólogo

*París, 15 de octubre de 1917* – Anton Fisherman
con Henry Wales, para el *International News Service*

Poco antes de las cinco de la mañana, un grupo de dieciocho hombres, en su mayoría oficiales del ejército francés, subió al segundo piso de Saint-Lazare, la prisión femenina ubicada en París. Conducidos por un carcelero que llevaba una antorcha para encender las lámparas, se detuvieron ante la celda número 12.

Las monjas eran las encargadas de cuidar el lugar. La hermana Leonide abrió la puerta y les pidió que esperaran afuera mientras volvía entrar; frotaba un fósforo en la pared y encendía la lámpara en su interior. Enseguida, llamó a una de las otras hermanas para que la ayudara.

Con mucho cariño y cuidado, la hermana Leonide puso su brazo alrededor del cuerpo adormecido al que le costó despertar, como si no estuviera muy interesada en nada. Cuando despertó, según el testimonio de las monjas, pareció salir de un sueño tranquilo. Continuó serena cuando supo que el pedido de clemencia que hiciera días antes al presidente de

la república le había sido negado. Imposible saber si sintió tristeza o alivio porque todo había llegado a su final.

A una señal de la hermana Leonide, el padre Arbaux entró en la celda acompañado del capitán Bouchardon y el abogado, el doctor Clunet. La prisionera entregó a este último la larga carta-testamento que escribiera durante toda la semana, además de dos sobres de papel de estraza con recortes.

Vistió medias de seda negras, algo que parece grotesco en tales circunstancias; se puso zapatos de tacón alto decorados con lazos de seda y se levantó de la cama retirando de un perchero —colocado en un rincón de su celda— un abrigo de piel que le caía hasta los pies, adornado en las mangas y el cuello con otro tipo de piel de animal, zorro, posiblemente. Se lo puso encima del pesado quimono de seda con el cual había dormido.

Sus cabellos negros estaban desaliñados; ella los peinó con cuidado, prendiéndolos en la nuca. Por encima se puso un sombrero de fieltro y se lo ató al cuello con una cinta de seda para que el viento no se lo llevara cuando estuviera en el lugar descampado al que sería conducida.

Se inclinó lentamente para tomar un par de guantes de cuero negro. Después, con indiferencia, se volvió a los recién llegados y les dijo con voz tranquila:

—Estoy lista.

Todos dejaron la celda de la prisión de Saint-Lazare y caminaron hacia un auto que los esperaba con el motor encendido para llevarlos al lugar donde se encontraba el pelotón de fusilamiento.

El auto partió a una velocidad por encima de la permitida, cruzando las calles de la ciudad, todavía dormida, y se dirigió hacia el cuartel de Vincennes, un sitio donde antes había un fuerte que fue destruido por los alemanes en 1870.

Veinte minutos después, el automóvil se detuvo y la comitiva descendió. Mata Hari fue la última en salir.

Ya los soldados estaban alineados para la ejecución. Doce zuavos formaban el pelotón de fusilamiento. Al final del grupo estaba un oficial con la espada desenvainada.

Mientras el padre Arbaux hablaba con la condenada, flanqueado por dos monjas, un teniente francés se aproximó y extendió un pañuelo blanco a una de las hermanas, diciendo:

—Por favor, véndele los ojos.

—¿Estoy obligada a usar eso? —preguntó Mata Hari, mirando el pañuelo.

El abogado Clunet miró al teniente con aire interrogante.

—Sólo si madame así lo prefiere; no es obligatorio —respondió.

Mata Hari no fue amarrada ni vendada; se quedó mirando a sus ejecutores con aire de aparente tranquilidad mientras el sacerdote, las hermanas y el abogado se apartaban de ella.

El comandante del pelotón de fusilamiento, que vigilaba atentamente a sus hombres para evitar que compararan los rifles —ya que era una práctica común poner un cartucho de salva en uno de ellos, para hacer que todos pudieran clamar

que no habían disparado el tiro mortal—, pareció relajarse. En breve, todo habría terminado.

—¡Preparen!

Los doce asumieron una postura rígida y se pusieron los fusiles al hombro.

Ella no movió ni un músculo.

El oficial se encaminó a un sitio donde todos los soldados pudieran verlo y levantó la espada.

—¡Apunten!

La mujer frente a ellos continuó impasible, sin demostrar miedo.

La espada descendió, cortando el aire en un movimiento de arco.

—¡Fuego!

El sol, que a esas alturas ya se había levantado en el horizonte, iluminó las llamas y el escaso humo que salió de cada uno de los rifles, mientras una ráfaga de tiros era disparada con estruendo. Enseguida, en un movimiento cadencioso, los soldados volvieron a poner los rifles en el suelo.

Mata Hari se quedó todavía una fracción de segundo en pie. No murió como vemos en las películas cuando balean a las personas. No cayó hacia el frente ni hacia atrás, ni movió los brazos hacia arriba o hacia los lados. Pareció desmadejarse sobre sí misma, manteniendo siempre la cabeza erguida, los ojos todavía abiertos; uno de los soldados se desmayó.

Sus rodillas flaquearon y el cuerpo cayó sobre su lado derecho, quedando con las piernas todavía dobladas cubiertas por el abrigo de pieles. Y ahí permaneció, inmóvil, con el rostro volteado hacia los cielos.

Un tercer oficial, acompañado de un teniente, sacó su revólver de una funda colocada en su pecho y caminó hacia el cuerpo inerte.

Se inclinó, puso el cañón en la sien de la espía, teniendo cuidado de no tocar su piel. Enseguida jaló el gatillo y la bala atravesó el cerebro. Se volvió hacia los que ahí estaban y anunció, con voz solemne:

—Mata Hari ha muerto.

# *Parte 1*

Fotografía de la boda de Margaretha Zelle y Rudolph MacLeod, 11 de julio de 1895. Colección del Museo Fries, Leeuwarden, Países Bajos.

# Estimado doctor Clunet:

No sé lo que sucederá al final de esta semana. Siempre fui una mujer optimista, pero el tiempo me está volviendo amarga, solitaria y triste.

Si todo sale como espero, usted jamás recibirá esta carta. Habré sido perdonada. A fin de cuentas, mi vida fue hecha cultivando amigos influyentes. Y la guardaré para que, un día, mi única hija pueda leerla para descubrir quién fue su madre.

Pero si estuviera equivocada, no tengo mucha esperanza de que estas páginas, que consumieron mi última semana de vida en la faz de la Tierra, sean guardadas. Siempre fui una mujer realista y sé que, para un abogado, cuando un caso está cerrado es hora de partir al próximo sin mirar atrás.

Imagino lo que ocurrirá ahora; usted es un hombre ocupadísimo, que ganó notoriedad defendiendo a una criminal de guerra. Tendrá a mucha gente a su puerta implorando por sus servicios; aun derrotado, logró una inmensa publicidad. Habrá periodistas interesados en saber su versión de los hechos, frecuentará los restaurantes más caros de la ciudad y será mirado con respeto y celos por sus colegas. Sabe que nunca hubo una prueba concreta contra mí, sólo manipulación de

documentos, pero nunca podrá admitir en público que dejó morir a una inocente.

¿Inocente? Tal vez ésta no sea la palabra exacta. Nunca fui inocente, desde que puse un pie en esta ciudad que tanto amo. Creí que podía manipular a los que querían los secretos de Estado, creí que los alemanes, los franceses, los ingleses, los españoles jamás se resistirían a quien soy, y terminé siendo yo la manipulada. Escapé de crímenes que cometí, siendo el mayor de ellos el ser una mujer emancipada e independiente en un mundo gobernado por hombres. Fui condenada por espionaje cuando todo lo que conseguí en concreto fueron chismes en los salones de la alta sociedad.

Sí, yo transformé esos chismes en "secretos" porque quería dinero y poder. Pero todos los que hoy me acusan sabían que no estaba contando nada nuevo.

Lástima que nadie jamás lo sabrá. Estos sobres encontrarán su lugar correcto, un archivo polvoso, lleno de otros procesos, de donde tal vez saldrán apenas cuando su sucesor, o el sucesor de su sucesor, decida abrir espacio y tirar los casos antiguos.

A esas alturas, mi nombre ya habrá sido olvidado; pero no escribo para ser recordada. Lo que intento es entenderme a mí misma. ¿Por qué? ¿Cómo es que una mujer que durante tantos años consiguió todo lo que quería, puede ser condenada a muerte por tan poco?

En este momento miro mi vida y entiendo que la memoria es un río que corre siempre hacia atrás.

Las memorias están llenas de caprichos, imágenes de cosas que vivimos y que todavía nos pueden sofocar con un pequeño detalle, un ruido insignificante. Un olor a pan horneado sube hasta mi celda y me recuerda los días en que caminaba libre por los cafés; eso me destruye más que el miedo a la muerte y a la soledad en que me encuentro.

Las memorias traen consigo un demonio llamado Melancolía; oh, demonio cruel del cual no logro escapar. Oír a una prisionera cantando, recibir algunas pocas cartas de admiradores que nunca me trajeron rosas y jazmines, recordar una escena en determinada ciudad, que en aquel entonces me pasó completamente desapercibida y que ahora es todo lo que me queda de este o aquel país que visité.

Las memorias siempre ganan; y, con ellas, llegan demonios todavía más pavorosos que la Melancolía: los remordimientos, mis únicos compañeros en esta celda, excepto cuando las hermanas deciden entrar y conversar un poco. No hablan sobre Dios ni me condenan por aquello que la sociedad llama "pecados de la carne". Generalmente dicen una o dos palabras y de mi boca brotan los recuerdos a borbotones, como si quisiera volver en el tiempo, sumergiéndome en ese río que corre hacia atrás.

Una de ellas me preguntó:

—Si Dios le diera otra oportunidad, ¿haría todo diferente?

Respondí que sí, pero en realidad no lo sé. Todo lo que sé es que mi corazón es hoy un pueblo fantasma, poblado de

pasiones, entusiasmo, soledad, vergüenza, orgullo, traición, tristeza. Y no logro desenredarme de todo eso, ni siquiera cuando siento pena por mí misma y lloro en silencio.

Soy una mujer que nació en la época equivocada y nada podrá corregir eso. No sé si el futuro se acordará de mí pero, en caso de que eso suceda, que jamás me vean como una víctima, sino como alguien que dio pasos con coraje y pagó sin miedo el precio que debía pagar.

En una de mis visitas a Viena conocí a un señor que estaba teniendo mucho éxito entre los hombres y las mujeres de Austria. Se apellidaba Freud —no recuerdo su nombre de pila— y las personas lo adoraban porque había traído de vuelta la posibilidad de que a todos nos consideraran inocentes, porque en realidad nuestras faltas pertenecían a nuestros padres.

Ahora intento ver en qué se equivocaron, pero no puedo culpar a mi familia. Adam Zelle y Antje me dieron todo lo que el dinero podía comprar. Tenían una sombrerería, invirtieron en petróleo antes de que las personas supieran darle importancia a eso, me permitieron estudiar en una escuela particular, aprender danza, asistir a clases de equitación. Cuando comencé a ser acusada de "mujer de la vida fácil", mi padre escribió un libro en mi defensa, algo que no debía haber hecho, porque yo estaba perfectamente a gusto con lo que hacía, y su texto sólo llamó más la atención hacia las acusaciones de prostituta y mentirosa.

Sí, yo era una prostituta, si quieren entender por eso a alguien que recibe favores y joyas a cambio de cariño y placer. Sí, era una mentirosa, pero tan compulsiva y tan

descontrolada que, muchas veces, olvidaba lo que había dicho y tenía que gastar una inmensa energía mental para arreglar mis tropiezos.

No puedo culpar a mis padres por nada, sólo por haberme hecho nacer en el pueblo equivocado, Leeuwarden, del que la mayoría de mis compatriotas holandeses ni siquiera había oído hablar, donde no pasaba absolutamente nada y todos los días eran iguales a los otros. Ya en la adolescencia aprendí que era una mujer bonita, porque mis amigas solían imitarme.

En 1889, cuando la fortuna de mi familia cambió —Adam se fue a la quiebra; Antje enfermó y murió dos años después— ellos no quisieron que yo sufriera por lo que estaban pasando y me enviaron a una escuela en otra ciudad, Leiden, firmes en su objetivo de que yo debía tener la educación más refinada y prepararme para ser maestra de jardín de infancia, mientras aguardaba la llegada de un marido, del hombre que se encargaría de mí. El día de mi partida, mi madre me llamó y me dio un paquete de semillas:

—Llévate esto contigo, Margaretha.

Margaretha —Margaretha Zelle— era mi nombre, que yo simplemente detestaba. Había un sinnúmero de niñas que se llamaban así a causa de una famosa y respetable actriz.

Pregunté para qué servía aquello.

—Son semillas de tulipanes, el símbolo de nuestro país. Sin embargo, más que eso, son algo que necesitas aprender; ellos serán siempre tulipanes, aunque por el momento no puedas distinguirlos de otras flores. Por más que quieran, jamás podrán convertirse en rosas o girasoles. Si quisieran negar su propia existencia, terminarían pasando una vida amarga y muriendo.

—Por lo tanto, aprende a seguir tu destino con alegría, sea cual sea. Mientras crecen, las flores muestran su belleza y son apreciadas por todos; enseguida mueren y dejan sus semillas para que otros continúen el trabajo de Dios.

Mi madre puso las semillas en una bolsita que, hacía días, yo la había visto tejer con todo cuidado, a pesar de su enfermedad.

—Las flores nos enseñan que nada es permanente; ni la belleza, ni el hecho de marchitarse, porque darán nuevas semillas. Recuérdalo cuando sientas alegría, dolor o tristeza. Todo pasa, envejece, muere y renace.

¿Cuántas tempestades tendría que pasar para entender eso? Sin embargo, en ese momento sus palabras me sonaron vacías; yo estaba impaciente por marcharme de ese pueblo sofocante, con sus días y noches iguales. Hoy, mientras escribo esto, entiendo que mi madre también estaba hablando de sí misma.

—Hasta los árboles más altos crecen de semillas pequeñitas como éstas. Acuérdate de eso y no trates de apresurar el tiempo.

Me dio un beso de despedida y mi padre me llevó a la estación del tren. Casi no hablamos durante el camino.

Casi todos los hombres que conocí me dieron alegrías, joyas, un lugar en la sociedad, y nunca me arrepentí de haberlos conocido, excepto el primero, el director de la escuela, que me violó cuando yo tenía dieciséis años.

Me llamó a su oficina, cerró la puerta, puso la mano entre mis piernas y comenzó a masturbarse. Primero traté de escapar diciéndole, gentilmente, que no era el momento ni la hora, pero él no decía nada. Apartó algunos papeles de su escritorio, me puso de bruces y me penetró de una sola vez, como si tuviera miedo de algo, temiendo que alguien pudiera entrar en su oficina y lo descubriera.

Mi madre me había enseñado, en una conversación llena de metáforas, que las "intimidades" con un hombre sólo debían pasar cuando hay amor y cuando este amor vaya a durar por el resto de la vida. Yo salí de ahí confusa y asustada, decidida a no contar a nadie lo que había pasado, hasta que una de las muchachas tocó el asunto cuando platicábamos en grupo. Por lo que supe, eso ya había ocurrido con dos de ellas, pero ¿con quién nos podíamos quejar? Corríamos el riesgo de ser expulsadas de la escuela y volver a casa sin poder explicar a nuestros padres lo que había sucedido; lo único que nos quedaba era quedarnos calladas. Mi consuelo fue saber que no era la única. Más tarde, cuando fui famosa en París por mis actuaciones como bailarina, las muchachas se lo contaron a otras y, en poco tiempo, todo Leiden sabía lo que había pasado. El director ya se había jubilado y nadie osaba tocar el asunto con él. ¡Muy al contrario! Algunos hasta lo envidiaban por haber sido el hombre de la gran diva de la época.

A partir de ese momento comencé a asociar el sexo con algo mecánico y que nada tenía que ver con el amor.

Pero Leiden era todavía peor que Leeuwarden; tenía la famosa escuela de maestras de jardín de niños, un bosque que iba a dar a una carretera, un grupo de personas que no tenía nada que hacer además de meterse en la vida de los otros y nada más. Cierto día, para matar el tedio, comencé a leer los anuncios clasificados del periódico de una ciudad cercana. Y ahí estaba:

> Rudolf MacLeod, oficial del ejército holandés, de descendencia escocesa, actualmente en servicio en Indonesia, busca joven novia para casarse y vivir en el exterior.

¡Ahí estaba mi salvación! Oficial. Indonesia. Mares extraños y mundos exóticos. Ya era suficiente de aquella Holanda conservadora, calvinista, llena de aburrimiento y prejuicios. Respondí al anuncio adjuntando una foto mía, la mejor y más sensual que tenía. Lo que no sabía era que la idea había sido una broma de un amigo del tal capitán y que mi carta sería la última en llegar de un total de dieciséis recibidas.

Él vino a mi encuentro como si se estuviera yendo a la guerra: uniforme completo, con una espada colgando a la izquierda y largos bigotes llenos de vaselina, que parecían esconder un poco su fealdad y su falta de modales.

En nuestra primera cita, conversamos un poco sobre asuntos nada importantes. Recé para que volviera y mis plegarias fueron escuchadas; una semana después él estaba de nuevo ahí, para envidia de mis amigas y desesperación del director de la escuela que, posiblemente, todavía soñaba con un día como aquél. Noté que olía a alcohol, pero no le di mucha importancia, atribuyéndolo al hecho de que debía estar nervioso ante una joven que, según todas mis amigas, era la más bella de la clase.

En la tercera y última cita me pidió matrimonio. Indonesia. Capitán del ejército. Viajes a tierras lejanas. ¿Qué más puede querer una joven de la vida?

—¿Te vas a casar con un hombre veintiún años más grande que tú? ¿Sabe que ya no eres virgen? —me preguntó una de las muchachas que había tenido la misma experiencia con el director de la escuela.

No respondí. Volví a casa, él pidió mi mano respetuosamente, mi familia consiguió un préstamo con los vecinos para el ajuar y nos casamos el 11 de julio de 1895, tres meses después de haber leído el anuncio.

Cambiar, y cambiar para mejorar son dos cosas completamente diferentes. Si no hubiera sido por la danza y por Andreas, mis años en Indonesia habrían sido una pesadilla sin fin. Y la peor pesadilla es pasar de nuevo por todo eso. El marido que vivía distante y siempre rodeado de mujeres, la imposibilidad de simplemente huir y volver al hogar, la soledad que me obligaba a pasar meses dentro de casa porque no hablaba el idioma, además de ser constantemente vigilada por los otros oficiales.

Lo que debía haber sido una alegría para cualquier mujer —el nacimiento de sus hijos— se volvió una pesadilla para mí. Cuando superé el dolor del primer parto, mi vida se llenó de sentido al tocar por primera vez el cuerpo minúsculo de mi hija. Rudolf mejoró su comportamiento por algunos meses, pero luego volvió a aquello que más le gustaba: sus amantes locales. Según él, ninguna europea estaba en condiciones de competir con una mujer asiática, para quien el sexo era como una danza. Me lo decía sin el menor pudor, tal vez porque estaba ebrio, tal vez porque quería humillarme deliberadamente. Andreas me contó que, cierta noche, cuando estaban los

dos en una expedición sin sentido, yendo hacia ningún lugar, él le había dicho en un momento de alcohólica sinceridad:

—Margaretha me da miedo. ¿Ya viste cómo la miran todos los otros oficiales? Ella me puede dejar de un momento a otro.

Y dentro de esta lógica enfermiza, que transforma en monstruos a los hombres que temen perder a alguien, se volvía cada vez peor. Me trataba de prostituta, porque no era virgen cuando lo encontré. Quería saber los detalles de cada hombre que, en su imaginación, yo había tenido. Cuando, entre sollozos, yo le contaba la historia del director y su oficina, algunas veces él me golpeaba diciendo que le estaba mintiendo, otras veces se masturbaba pidiendo más detalles. Como aquello no había pasado de ser una pesadilla para mí, me veía obligada a inventar esos detalles, sin entender bien por qué lo hacía.

Llegó al punto de mandar a una empleada conmigo para comprar lo que él juzgaba ser lo más parecido al uniforme de la escuela donde me conoció. Cuando estaba poseído por algún demonio que yo desconocía, me ordenaba que me lo pusiera; su placer preferido era repetir la escena del estupro: me acostaba sobre la mesa y me penetraba con violencia mientras gritaba, para que toda la servidumbre pudiese oír, dando a entender que yo debía adorar aquello.

A veces, yo tenía que comportarme como una buena niña que debe aguantar mientras él me violaba; otras veces me obligaba a gritar pidiéndole que fuera más violento, porque yo era una prostituta y aquello me gustaba.

Poco a poco fui perdiendo la noción de quién era yo. Pasaba los días cuidando a mi hija, caminando por la casa con aire displicentemente noble, ocultando los moretones con exceso de maquillaje, pero sabiendo que no engañaba a nadie, a nadie absolutamente.

Quedé embarazada otra vez; tuve algunos días de inmensa felicidad cuidando a mi hijo, pero fue envenenado por una de sus nanas, que ni siquiera tuvo que dar explicaciones por ese acto; otros empleados la mataron el mismo día en que el bebé apareció muerto. Finalmente, la mayoría dijo que había sido una venganza más que justa, pues la criada era constantemente golpeada, violada, explotada con horas interminables de trabajo.

Ahora tenía sólo a mi hija, una casa vacía en la que vivía, un marido que no me llevaba a ningún lado por miedo a ser traicionado y una ciudad cuya belleza era tan grande que llegaba a ser opresiva; estaba en el paraíso, viviendo mi infierno personal.

Hasta que un día todo cambió: el comandante del regimiento invitó a los oficiales y a sus esposas a una presentación de danza local, que sería hecha en homenaje a uno de los gobernantes de la isla. Rudolf no podía decirle que no a una autoridad superior. Me pidió que fuera a comprar ropa sensual y cara. Entiendo la palabra *cara*, ya que ésta hablaba más de sus posesiones que de sus dotes personales. ¿Pero cómo si, según supe más tarde, tenía tanto miedo de mí, habría querido que yo fuera vestida de manera sensual?

Llegamos al lugar del evento; las mujeres me miraban con envidia; los hombres, con deseo; y noté que eso excitaba a Rudolf. Por lo visto, esa noche terminaría muy mal, conmigo siendo obligada a describir lo que "había imaginado hacer" con cada uno de aquellos oficiales, mientras me penetraba y me golpeaba. Necesitaba proteger de cualquier forma lo único que tenía: a mí misma. Y la única manera que encontré

fue mantener una conversación interminable con un oficial que ya conocía llamado Andreas, cuya mujer me miraba con terror y espanto, mientras mantenía siempre llena la copa de mi marido esperando que cayera de tanto beber.

Me gustaría terminar de escribir sobre Java en este momento; cuando el pasado trae un recuerdo capaz de abrir una herida, todas las otras llagas aparecen repentinamente, haciendo que el alma sangre más profundamente, hasta que te arrodilles y llores. Pero no puedo interrumpir esta parte sin tocar las tres cosas que ahí cambiarían mi vida: mi decisión, la danza a la que asistimos y Andreas.

Mi decisión: ya no podía acumular más problemas y vivir más allá del límite de sufrimiento que cualquier ser humano consigue aguantar.

Mientras pensaba en eso, el grupo que se preparaba para bailar ante el gobernante local fue entrando en escena, un total de nueve personas. Al contrario del ritmo frenético, alegre y expresivo que acostumbraba ver en mis pocas visitas a los teatros de la ciudad, todo parecía ocurrir en cámara lenta, lo que me hizo morir de aburrimiento al principio, para luego ser tomada por una especie de trance religioso a medida que los bailarines se dejaban llevar por la música y asumían posturas que yo juzgaba prácticamente imposibles. En una de ellas, el cuerpo se doblaba hacia el frente y hacia atrás, formando una *S* extremadamente dolorosa; y así permanecían hasta que salían de la inmovilidad de manera súbita, como si fueran leopardos listos a atacar por sorpresa.

Todos estaban pintados de azul, vestidos con un *sarong*, el traje típico local, y llevaban en el pecho una especie de cinta de seda que resaltaba los músculos de los hombres y cubría los senos de las mujeres. Éstas, a su vez, usaban tiaras artesanales hechas con pedrería. La dulzura era a veces sustituida por una imitación de combate, donde las cintas de seda servían de espadas imaginarias.

Mi trance aumentaba cada vez más. Por primera vez entendía que Rudolf, Holanda, mi hijo asesinado, todo era parte de un mundo que moría y renacía, como las semillas que mi madre me diera. Miré el cielo y las estrellas y las hojas de las palmeras; estaba decidida a dejarme llevar a otra dimensión y otro espacio cuando la voz de Andreas me interrumpió:

—¿Está entendiendo todo?

Imaginaba que sí, porque mi corazón había dejado de sangrar y ahora contemplaba la belleza en su forma más pura. Sin embargo, los hombres siempre necesitan explicar algo, y él me dijo que aquel tipo de ballet venía de una antigua tradición india que combinaba el yoga con la meditación. Era incapaz de entender que la danza es un poema y que cada movimiento representa una palabra.

Mi yoga mental y mi meditación espontánea fueron inmediatamente interrumpidas y me vi obligada a entablar cualquier tipo de conversación para no parecer mal educada.

La mujer de Andreas lo miraba. Andreas me miraba a mí. Rudolf me miraba a mí, a Andreas y a una de las invitadas del gobernante, que retribuía con sonrisas la cortesía.

Conversamos durante algún tiempo, a pesar de las miradas de reprobación de los javaneses, porque ninguno de nosotros extranjeros estábamos respetando su ritual sagrado. Quizá por eso el espectáculo haya terminado antes, con todos los bailarines saliendo en una especie de procesión, las miradas fijas en sus compatriotas. Ninguno de ellos volvió sus ojos al bando de bárbaros blancos acompañados por sus mujeres bien vestidas, sus risas altisonantes, sus barbas y bigotes cubiertos de vaselina y sus pésimos modales.

Rudolf caminó hacia la javanesa, que sonreía y lo miraba sin dejarse intimidar por nada, no antes de que yo llenara su copa una vez más. La mujer de Andreas se aproximó, se colgó de su brazo, sonrió como diciendo "él es mío" y fingió estar interesadísima en los comentarios inútiles que su marido seguía haciendo para detallar la danza.

—Todos esos años te fui fiel —dijo ella, interrumpiendo la conversación—. Eres tú quien manda en mi corazón y mis gestos, y Dios es testigo de que yo, todas las noches, le pido que vuelvas a casa sano y salvo. Si tuviera que dar mi vida por ti, lo haría sin miedo alguno.

Andreas se disculpó y dijo que ya tenía que irse; la ceremonia había cansado mucho a todos, pero ella dijo que no se movería de ahí; y lo expresó con tal autoridad que el marido no se atrevió siquiera a hacer algún otro movimiento.

—Esperé pacientemente hasta que entendieras que eres lo más importante en mi vida. Te acompañé a este lugar que, a pesar de lo hermoso, debe ser una pesadilla para todas las mujeres, incluso para Margaretha.

Ella se volvió hacia mí, sus grandes ojos azules implorando para que yo estuviera de acuerdo, para que yo siguiera la tradición milenaria de que las mujeres sean siempre enemigas y cómplices unas de otras, pero no tuve el valor de asentir con la cabeza.

—Luché por este amor con todas mis fuerzas, y éstas se acabaron hoy. La piedra que pesaba en mi corazón ahora tiene el tamaño de una roca y ya no lo deja latir más. Y mi corazón, en su último suspiro, me dijo que existen otros mundos más allá de éste, donde no necesito siempre estar implorando la compañía de un hombre que llene esos días y esas noches vacíos.

Algo me decía que la tragedia se aproximaba. Le pedí que se tranquilizara; ella era muy querida por todo el grupo que ahí estaba, y su marido era un modelo de oficial. Ella movió la cabeza y sonrió, como si ya hubiera escuchado eso muchas veces. Y continuó:

—Mi cuerpo puede seguir respirando, pero mi alma está muerta porque no logro ni partir de aquí, ni hacer que entiendas que debes quedarte a mi lado.

Andreas, un oficial del ejército holandés con una reputación que debía mantener, estaba visiblemente avergonzado.

Yo di media vuelta y comencé a apartarme, pero ella soltó el brazo de su marido y afianzó el mío.

—Sólo el amor puede dar sentido a lo que ya no tiene ninguno. Pero pasa que ya no tengo ese amor. Siendo así, ¿cuál es la razón para seguir viviendo?

Su rostro estaba muy próximo al mío; intenté sentir el olor a alcohol en su aliento, pero no había ninguno. La miré a los ojos y tampoco vi ninguna lágrima; posiblemente ya todas se habían secado.

—Por favor, necesito que se quede, Margaretha. Usted es una buena mujer, que perdió a un hijo; yo sé lo que eso significa, aunque nunca haya quedado embarazada. No estoy haciendo esto por mí, sino por todas aquellas que están prisioneras en su pretendida libertad.

La mujer de Andreas sacó una pequeña pistola de su bolsa, se apuntó al corazón y disparó antes de que ninguno de nosotros tuviera tiempo de impedirlo. A pesar de que gran parte del ruido tuvo que haber sido absorbido por su vestido de gala, las personas se voltearon hacia nosotros. En un primer momento pensaron que yo había cometido algún crimen, pues segundos antes ella estaba agarrada de mí. Pero luego vieron mi mirada de horror, a Andreas arrodillado, intentando detener la sangre que se llevaba la vida de su mujer. Ella murió en sus brazos y su mirada no demostraba nada más que paz. Todos se acercaron, incluso Rudolf; la javanesa se marchó en dirección opuesta, temerosa de lo que pudiera ocurrir con tantos hombres armados y embriagados.

Antes de que comenzaran a preguntar qué había ocurrido, le pedí a mi marido que saliéramos pronto de ahí; él estuvo de acuerdo, sin comentar nada.

Cuando llegamos a casa, fui directo a mi cuarto y comencé a empacar mi ropa. Rudolf se dejó caer en el sofá, completamente bebido. A la mañana siguiente, cuando despertó y tomó el abundante desayuno servido por los empleados, vino a mi cuarto y vio mis maletas. Fue la primera vez que tocó el asunto.

—¿A dónde crees que vas?

—A Holanda, en el próximo barco. O al paraíso, en cuanto tenga la misma oportunidad que tuvo la mujer de Andreas. Tú decides.

Hasta entonces, él era el único acostumbrado a dar órdenes ahí. Pero mi mirada debía haber cambiado por completo y, después de vacilar un momento, salió de casa. Cuando volvió aquella noche, dijo que teníamos que hacer uso de las vacaciones a las que tenía derecho. Dos semanas después partimos en el primer barco en dirección a Rotterdam.

Yo había sido bautizada con la sangre de la mujer de Andreas y, con mi ritual de bautismo, estaba libre para siempre, aunque ni él ni yo supiéramos hasta dónde podría llegar esta libertad.

Parte del precioso tiempo que me resta —aunque todavía tenga mucha esperanza de ser perdonada por el presidente de la república, ya que tengo muchos amigos entre los ministros— fue tomado por la hermana Laurence, que hoy me trajo una lista de las cosas que estaban en mi equipaje cuando me hicieron prisionera.

Me dijo, con todo el cuidado del mundo, lo que debería hacer con todo aquello en caso de que el peor escenario se presentara como el único. Le pedí que me dejara, que lo vería después, porque de momento no tengo tiempo que perder. Pero en caso de que el peor escenario se vuelva de hecho el único, ella puede hacer lo que quiera. De todas formas, voy a copiar todo lo que está escrito, pues creo que todo ocurrirá según el mejor escenario.

*Baúl 1:*

1 reloj dorado adornado con barniz azul y comprado en Suiza

1 caja con seis sombreros, tres alfileres en perla y oro, algunas plumas largas, un velo, dos estolas de piel, tres adornos para sombrero, un broche en forma de pera y un vestido de gala.

*Baúl 2:*

1 par de botas de montar
1 cepillo de caballos
1 caja de cera para engrasar
1 par de polainas
1 par de espuelas
5 pares de zapatos de cuero
3 camisas blancas para combinar con ropa de amazona
1 servilleta (que no sé por qué está aquí ocupando espacio, tal vez la usaba para pulir las botas)
1 par de perneras de cuero, protección para las piernas y
3 sujetadores especiales para los senos, de modo que se muestren firmes durante el galope
2 corsés
34 vestidos
1 saco tejido hecho a mano, con lo que parecen ser semillas de plantas no identificadas
8 corpiños
1 chal
10 pantaletas más cómodas
3 chalecos
2 chaquetas con manga
3 peines
16 blusas
Otro vestido de gala
1 toalla y 1 barra de jabón perfumado (no uso los de los hoteles, pues pueden transmitir enfermedades)

1 collar de perlas
1 bolsa de mano con espejo en la parte interior
1 peine de mármol
2 cajas que sirven para guardar mis joyas antes de dormir
1 caja de cobre con tarjetas de visita, a nombre de Vadimir de Massloff, *Capitaine du première Régiment Speciale Impérial Russe*
8 pantaletas de seda y 2 de algodón
2 cinturones para combinar con diferentes atuendos para montar
4 pares de guantes
1 paraguas
3 viseras para evitar el sol directo en los ojos
3 pares de medias de lana, aunque uno de ellos ya esté desgastado de tanto uso
1 bolsa especial para colocar vestidos
15 toallas higiénicas para la menstruación
1 suéter de lana
1 traje completo de montar, con chaqueta y pantalones combinados
1 caja de horquillas para el cabello
1 mecha de extensión falsa de cabello, con una horquilla para aplicarla sobre mi cabello natural
3 protectoras de garganta en piel de zorro
2 cajas de polvo de arroz

*Baúl 3:*

6 pares de ligas
1 caja de hidratante para la piel
3 botas de charol y tacón alto
1 caja de madera que contiene un servicio de té de porcelana que me gané durante un viaje
2 batas de dormir
Lima de uñas con mango de madreperla
2 cigarreras, una de plata y otra de oro, o bañada en oro, no lo sé bien
8 redes para el cabello para la hora de dormir
Cajas con collares, pendientes, anillo de esmeraldas, otro anillo de esmeraldas y brillantes y otras bisuterías sin mucho valor
Bolsa de paño de seda con 21 pañuelos dentro
3 abanicos
Lápiz de labios y *rouge* de la mejor marca que Francia puede producir
Diccionario de francés
Cartera con varias fotos mías

Además de una serie de tonterías que pretendo llevarme en cuanto me suelten de aquí, como cartas de amantes atadas con cintas especiales de seda, boletos de óperas a las que me gustó asistir, cosas de ese tipo.

La mayor parte de lo que tenía fue confiscada por el Hotel Meurice, en París, pues creían —erróneamente, claro— que no tendría dinero para pagar por mi estadía. ¿Cómo podían pensar eso? Finalmente, París siempre fue mi primer destino; yo jamás dejaría que me consideraran una delincuente.

Yo no estaba pidiendo ser feliz; sólo pedía no ser tan infeliz y miserable como me sentía. Tal vez si hubiera tenido un poco más de paciencia, habría llegado a París en otras condiciones… pero ya no podía aguantar las recriminaciones de mi nueva madrastra, del marido, de la niña que lloraba todo el tiempo, del pueblito con los mismos habitantes provincianos y llenos de prejuicios, aunque ahora yo fuera una mujer casada y respetable.

Un día, sin que nadie lo supiera —y para eso era preciso tener mucha intuición y habilidad— tomé un tren para La Haya y fui directamente al consulado francés. Los tambores de guerra todavía no estaban tocando. Entrar en el país todavía era fácil; Holanda siempre había permanecido neutral ante los conflictos que asolaban Europa, y yo tenía confianza en mí misma. Conocí al cónsul y después de dos horas en un café, durante las cuales él procuró seducirme y yo fingí que estaba cayendo en la trampa, conseguí un boleto sólo de ida a París, donde prometí que lo esperaría cuando él pudiera pasar unos días por allá.

—Sé ser generosa con quienes me ayudan —insinué.

Él entendió el mensaje y preguntó qué sabía hacer yo.

—Soy bailarina clásica de música oriental.

¿Música oriental? Eso despertó todavía más su curiosidad. Le pregunté si me conseguiría un empleo. Él comentó que podría presentarme a una persona muy poderosa en la ciudad, monsieur Guimet, que adoraba todo lo que viniera de Oriente, además de ser un gran coleccionista de arte. ¿Cuándo estaría yo lista para partir?

—Hoy mismo, si usted me consigue un lugar para quedarme.

Él entendió que estaba siendo manipulado; yo debía ser una más de esas mujeres que van a la ciudad de los sueños de todo el mundo en busca de hombres ricos y una vida fácil. Presentí que comenzaba a hacerse a un lado. Estaba escuchándome pero, al mismo tiempo, observaba cada movimiento que hacía, cada palabra que decía, cómo movía mi cuerpo. Y, al contrario de lo que imaginaba, yo, que había comenzado a comportarme como una mujer fatal, me mostraba ahora la más recatada persona del mundo.

—Si su amigo quisiera, yo puedo mostrarle una o dos piezas de danza auténtica javanesa. Si no le gusta, me regreso en el tren ese mismo día.

—Pero la señora…

—Señorita.

—Sólo pidió un boleto de ida.

Saqué algún dinero del bolso y le mostré que tenía lo suficiente para volver. También tenía lo suficiente para ir, pero r que un hombre ayude a una mujer lo vuelve siempre vulnerable; ése es el sueño de todos ellos, como me contaban las amigas de los oficiales en Java.

Él se relajó y me preguntó mi nombre, para que pudiera escribir una carta de recomendación para monsieur Guimet. ¡Yo nunca había pensado en eso! ¿Un nombre? Eso lo llevaría hasta mi familia, y la última cosa que le interesaba a Francia era crear un incidente con una nación neutral a causa de una mujer que estaba desesperada por huir.

—¿Su nombre? —repitió, ya con el bolígrafo y el papel en la mano.

—Mata Hari.

La sangre de la mujer de Andreas me estaba bautizando de nuevo.

No podía creer lo que estaba viendo: una gigantesca torre de hierro que casi llegaba a los cielos, y que no estaba en ninguna de las tarjetas postales de la ciudad. En cada una de las márgenes del río Sena, distintas construcciones que ora recordaban a China, ora a Italia y ora a cualquiera de los países conocidos del mundo. Intenté hallar a Holanda, pero no lo conseguí. ¿Qué representaba a mi país? ¿Los antiguos molinos? ¿Los pesados suecos? Nada de eso tenía espacio en medio de tanta cosa moderna; los carteles colocados en bases circulares de hierro anunciaban cosas que yo no podía creer que existían:

"¡Mire! ¡Luces que se encienden y se apagan sin necesidad de usar gas o fuego! ¡Sólo en el palacio de la electricidad!"

"¡Suba las escaleras sin mover los pies! Los escalones lo hacen por usted. Estaba debajo del dibujo de una estructura que parecía un túnel abierto, con pasamanos a ambos lados."

"*Art nouveau*: la gran tendencia de la moda."

En este caso no había signos de exclamación, sino la foto de un vaso con dos cisnes de porcelana. Abajo, el dibujo de lo que parecía ser una estructura de metal semejante a la torre gigantesca, con el pomposo nombre de *Grand Palais*.

Cinerama, mareorama, panorama; todos prometían imágenes que se movían y eran capaces de transportar al visitante, a través de imágenes en movimiento, a lugares en los que nunca antes había soñado estar. Cuanto más miraba todo aquello más perdida me sentía. Y también más arrepentida; tal vez había dado un paso mayor que mis piernas.

La ciudad hervía con gente andando de un lado a otro, las mujeres se vestían con una elegancia que nunca había visto en mi vida, los hombres parecían ocupados con asuntos importantísimos pero, siempre que yo miraba hacia atrás, notaba que sus miradas me seguían.

Con un diccionario en las manos y mucha dificultad aunque había aprendido francés en la escuela, y con bastante inseguridad, me aproximé a una muchacha que debía tener más o menos mi edad y le pregunté dónde quedaba el hotel que el cónsul había reservado para mí. Ella miró mi equipaje, mi ropa y, aunque tenía puesto el mejor vestido que trajera de Java, siguió adelante sin responder. Por lo visto, los extranjeros no eran bienvenidos ahí, o los parisienses se creían superiores a todos los otros pueblos de la Tierra.

Repetí mi intento dos o tres veces y la respuesta fue siempre la misma, hasta que me cansé y me senté en una banca en el Jardín de las Tullerías, uno de mis sueños de adolescente. Haber llegado hasta ahí ya había sido una conquista más grande de lo que imaginaba.

Volver atrás. Durante un tiempo luché conmigo misma, sabiendo que difícilmente conseguiría encontrar el sitio donde debía dormir. En ese momento, el destino interfirió: sopló un viento fuerte y un sombrero de copa vino a caer exactamente entre mis piernas.

Lo tomé con cuidado y me levanté para entregarlo al hombre que corría a mi encuentro.

—Veo que tiene mi sombrero —dijo.

—Su sombrero fue atraído por mis piernas —respondí.

—Imagino por qué —dijo él, sin disfrazar su claro intento de seducirme. Al contrario de los calvinistas de mi país, los franceses tenían fama de ser completa y totalmente libres.

Él extendió la mano para tomar el sombrero y yo lo puse en mi espalda extendiendo la otra mano, donde estaba escrita la dirección del hotel. Después de leerlo, me preguntó qué era eso.

—El lugar donde vive una amiga mía. Vine a pasar dos días con ella.

Era imposible decir que iba a cenar con ella, porque él había visto mi equipaje a mi lado.

Él no decía nada. Imaginé que el lugar debía estar por debajo de cualquier crítica, pero su respuesta fue una sorpresa:

—La Rue de Rivoli está exactamente atrás de la banca donde está sentada. Puedo cargar su maleta, y en el camino hay varios bares. ¿Aceptaría tomar un licor de anís, madame...?

—Mademoiselle Mata Hari.

No tenía nada que perder; era mi primer amigo en la ciudad. Caminamos en dirección al hotel, y en el trayecto

paramos en un restaurante donde los meseros usaban delantales hasta los pies; se vestían como si acabaran de salir de una fiesta de gala y prácticamente no le sonreían a nadie excepto a mi compañero, cuyo nombre ya olvidé. Encontramos una mesa apartada en un rincón del restaurante.

Él me preguntó de dónde venía. Le expliqué que de las Indias Orientales, una parte del imperio holandés, donde había nacido y crecido. Comenté sobre la bella torre, tal vez la única en el mundo y, sin querer, desperté su ira.

—Va a ser desmontada hasta dentro de cuatro años. Esta exposición universal le costó más a las arcas públicas que las dos guerras más recientes en las que nos involucramos. Quieren darnos a todos la sensación de que, a partir de ahora, tendremos una especie de unión de todos los países de Europa y que, finalmente, viviremos en paz. ¿Puede creerlo?

Yo no tenía idea, de modo que preferí guardar silencio. Como dije antes, los hombres adoran explicar cosas y tener opiniones sobre todo.

—Usted tendría que ver el pabellón que los alemanes construyeron aquí. Intentaron humillarnos; algo gigantesco, de pésimo gusto: instalaciones de maquinaria, metalurgia, miniaturas de barcos que, en breve, estarán dominando todos los mares, y una gigantesca torre llena de... —hizo una pausa como si fuese a decir una obscenidad— ¡cerveza! Dicen que es en homenaje al káiser, pero tengo la absoluta certeza de que todo ese conjunto de cosas sólo sirve a un único objetivo: alertarnos de que tengamos cuidado con ellos. Hace diez años atraparon a un espía judío que garantizó que la guerra golpearía de nuevo a nuestras puertas. Pero hoy en día la garantía es que el pobre infeliz era inocente, todo a causa del maldito escritor Zola. Él logró dividir a nuestra sociedad, y ahora la mitad de Francia quiere liberarlo del lugar de donde debería quedarse por siempre, la Isla del Diablo.

Pidió otros dos vasos de anís, bebió el suyo con cierta prisa y dijo que estaba demasiado ocupado, pero que en caso de que yo permaneciera más tiempo en la ciudad, debería visitar el pabellón de mi país.

¿Mi país? Yo no había visto zuecos ni molinos.

—En realidad le dieron un nombre equivocado: Pabellón de las Indias Orientales de Holanda. No tuve tiempo de pasar por ahí; pronto tendrá el mismo destino que todas las otras carísimas instalaciones que hoy vemos aquí, pero dicen que es muy interesante.

Se levantó. Tomó una tarjeta de visita, sacó un bolígrafo de oro del bolsillo y garabateó su apellido, señal de que esperaba que algún día, quién sabe, podríamos volvernos más cercanos.

Salió despidiéndose formalmente con un beso en mi mano. Miré la tarjeta y no tenía ninguna dirección, lo cual ya sabía que era una tradición. No comenzaría a acumular cosas inútiles, de modo que en cuanto él desapareció de mi vista la arrugué y la tiré.

Dos minutos después volví a recoger la tarjeta; ¡ése era el hombre al que estaba dirigida la carta del cónsul!

# *Parte 2*

Mata Hari, 1905. Colección del Museo Fries, Leeuwarden, Países Bajos.

Alta y delgada, con la gracia flexible de un animal salvaje, sus cabellos negros ondulan de manera extraña y nos transportan a un lugar mágico.

La más femenina de todas las mujeres, escribiendo una tragedia desconocida con su cuerpo.

Mil curvas y mil movimientos que combinan perfectamente con mil ritmos diferentes.

Esos recortes de periódico parecen los trozos de una taza rota, contando una vida de la cual ya no me acuerdo. En cuanto salga de aquí los mandaré a encuadernar en cuero; cada página tendrá una moldura de oro y ellas serán mi legado para mi hija, ya que todo mi dinero fue confiscado. Cuando estemos juntas le contaré sobre el Folies Bergère, el sueño de todas las mujeres que, un día, pretenden bailar en público. Le voy a decir qué bella es la Madrid de los Austrias, las calles de Berlín, los palacios de Monte Carlo. Pasearemos juntas por el Trocadero y el Cercle Royal, iremos al Maxim's,

al Rumpel Meyer's y a todos los restaurantes que se alegrarán con el retorno de su cliente más famosa.

Iremos juntas a Italia, contentas de ver que el maldito Diaghilev está al borde de la quiebra. Le mostraré la Scala de Milán y le diré con orgullo:

—Aquí bailé *Bacchus e Gambrinus,* de Marceno.

Estoy segura de que esto que vivo ahora sólo se sumará a mi reputación; ¿a quién no le gustaría ser visto con una mujer fatal, posiblemente una "espía" llena de secretos? Todo el mundo flirtea con el peligro, siempre que el peligro no exista.

Ella, posiblemente, me preguntará:

—¿Y mi madre, Margaretha MacLeod?

Y yo responderé:

—No sé quién es esa mujer. Toda mi vida pensé y actué como Mata Hari, la que fue y seguirá siendo la fascinación de los hombres y la más envidiada de las mujeres. Desde que partí de Holanda perdí la noción de la distancia, del peligro, nada de eso me asusta. Llegué a París sin dinero y sin un guardarropa adecuado, y ve cómo subí en la vida. Espero que lo mismo te suceda a ti.

Y comentaré sobre mis danzas, lo bueno es que tengo retratos que muestran gran parte de los movimientos y los figurines. Al contrario de lo que decían los críticos que jamás me supieron entender, cuando estaba en el escenario simplemente me olvidaba de la mujer que era y le ofrecía todo a Dios. Por eso me desnudaba con tanta facilidad. Porque yo, en ese momento, no era nada; ni siquiera mi cuerpo; era sólo los movimientos que comulgaban con el universo.

Siempre le estaré agradecida a monsieur Guimet, que me dio la primera oportunidad de presentarme en su museo privado, con ropas carísimas que él mandó importar de Asia para su colección particular, aunque eso me haya costado media hora de mucho sexo y poco placer. Bailé para una audiencia de trescientas personas, que incluía a periodistas, celebridades y por lo menos dos embajadores, el japonés y el alemán. Dos días después, todos los periódicos sólo hablaban de eso: de la exótica mujer que nació en un remoto rincón del imperio holandés y que traía la "religiosidad" y la "desinhibición" de pueblos distantes.

El escenario del museo había sido decorado con una estatua de Shiva, el dios hindú de la creación y la destrucción. Velas se quemaban en aceites aromáticos y la música dejaba a todos en una especie de trance; menos a mí, que sabía exactamente lo que planeaba hacer, después de haber examinado cuidadosamente la ropa que me había sido confiada. Era ahora o nunca, una sola oportunidad en mi vida hasta entonces miserable, siempre pidiendo favores y, eventualmente, devolviendo esos favores a cambio de sexo. Ya estaba acostumbrada a eso, pero una cosa era estar acostumbrada y otra estar satisfecha. El dinero no bastaba. ¡Yo quería más!

Y cuando comencé a danzar, creí que debía hacer algo que sólo hacían las personas en los cabarets, sin preocuparse

mucho por darle un sentido. Yo estaba en un lugar respetable, con un público ávido de novedades, pero sin el valor de frecuentar ciertos sitios donde podrían ser vistos.

La ropa estaba hecha de velos sobrepuestos unos con otros. Quité el primero y nadie pareció darle mucha importancia. Pero cuando retiré el segundo y el tercero, las personas comenzaron a intercambiar miradas. En el quinto velo, el público estaba totalmente concentrado en lo que yo hacía, sin importarle mucho la danza, sino queriendo saber hasta dónde llegaría. Incluso las mujeres, con quienes cada vuelta y media cruzaba miradas durante los movimientos, no parecían escandalizadas ni irritadas; aquello debía excitarlas tanto como a los hombres. Sabía que si estuviera en mi país sería inmediatamente enviada a prisión, pero Francia era un ejemplo de igualdad y libertad.

Cuando llegué al sexto velo me dirigí a la estatua de Shiva, simulé un orgasmo y me tiré al suelo mientras me retiraba el séptimo y último velo.

Por unos instantes no escuché un solo ruido entre el público; todos parecían petrificados u horrorizados, pero no podía verlos desde la posición en que me encontraba. Entonces vino el primer "bravo", dicho por una voz femenina, y pronto la sala entera aplaudía de pie. Me levanté con un brazo cubriéndome los senos y el otro extendido ocultando mi sexo. Hice una señal de agradecimiento con la cabeza y salí por la lateral, donde había dejado estratégicamente una bata de seda. Regresé, continué agradeciendo los aplausos que no paraban y decidí que era mejor salir y ya no regresar; eso era parte del misterio.

Sin embargo, pude notar que una sola persona no aplaudía, sólo sonreía: madame Guimet.

Cuando dos invitaciones llegaron a la mañana siguiente, una de ellas de una mujer, madame Kileyevsky, preguntando si yo podría repetir la misma presentación de danza en un baile de caridad para reunir fondos para los soldados rusos heridos, madame Guimet me llamó para pasear por las orillas del Sena.

Los quioscos de periódicos todavía no estaban cubiertos de tarjetas postales con mi rostro, todavía no existían cigarrillos, puros y lociones de baño con mi nombre; seguía siendo una ilustre desconocida, pero sabía que había dado el paso más importante: cada una de aquellas personas en la platea había salido de ahí fascinada y ésta sería la mejor propaganda que yo podría tener.

—Qué bueno que las personas son ignorantes —dijo—, porque nada de lo que usted mostró pertenece a ninguna tradición oriental. Debe haber inventado cada paso a medida que la noche avanzaba.

Me quedé helada y creí que el próximo comentario sería sobre el hecho de haber pasado una noche, una simple, única y desagradable noche, con su marido.

—Los únicos que saben eso son los malísimos antropólogos que han aprendido todo en los libros; jamás podrán denunciarla.

—Pero yo…

—Sí, le creo que estuvo en Java y que conozca las costumbres locales, y que tal vez haya sido amante o esposa de algún oficial de su ejército. Y que, como toda joven, soñaba con un día tener éxito en París; por eso se fugó a la primera oportunidad y se vino para acá.

Seguimos caminando, pero ahora en silencio. Yo podría continuar mintiendo, cosa que hice durante toda mi vida, y podría mentir sobre cualquier cosa, menos sobre algo que madame Guimet conocía perfectamente. Mejor esperar a ver hasta dónde llegaría esta conversación.

—Tengo algunos consejos que darle —dijo madame Guimet, cuando comenzamos a cruzar el puente que llevaba a la gigantesca torre de metal.

Le pedí que nos sentáramos. Me era difícil concentrarme mientras caminábamos en medio de tanta gente. Ella estuvo de acuerdo y hallamos una banca en el *Champ de Mars.* Algunos hombres, con aire serio y concentrado, lanzaban bolas de metal e intentaban alcanzar un pedazo de madera; me pareció una escena absurda.

—Conversé con algunos amigos que estuvieron en su presentación, y sé que mañana los periódicos la pondrán por los cielos. De mi parte, no se preocupe; no diré nada a nadie sobre la "danza oriental".

Yo seguí escuchando. No era posible argumentar nada.

—Mi primer consejo es el más difícil y nada tiene que ver con su actuación: nunca se enamore. El amor es un veneno. Una vez enamorada, usted deja de tener control sobre su vida, ya que su corazón y su mente pertenecen a otra persona. Su existencia está amenazada.

—Usted comienza a hacer todo para conservar a la persona amada, y pierde la noción del peligro. Esa cosa inexplicable y peligrosa llamada *amor* barre de la faz de la Tierra todo lo que usted es, y deja en su lugar lo que la persona amada desea que usted sea.

Recordé los ojos de la mujer de Andreas antes de dispararse a sí misma. El amor nos mata de repente, sin dejar ninguna evidencia del crimen.

Un niño se acercó a un carrito para comprar un helado. Madame Guimet aprovechó aquella escena para darme su segundo consejo.

—Las personas dicen: la vida no es tan complicada; pero la vida es muy complicada. Qué fácil es desear un helado, una muñeca, una victoria en el juego de bochas en el que aquellos adultos, padres de familia y llenos de responsabilidades, están sudando y sufriendo mientras tratan de acertar una estúpida bola de metal en un pedacito de madera. Fácil es querer ser famosa, pero difícil es mantenerse como tal por más de un mes, de un año, sobre todo cuando esa fama está ligada al cuerpo. Fácil es desear a un hombre con todo el corazón, pero todo se vuelve imposible y complicado cuando ese hombre

está casado, tiene hijos y no dejará a su familia por nada de este mundo.

Hizo una larga pausa, sus ojos se llenaron de lágrimas y percibí que estaba hablando de su propia experiencia.

Fue mi turno de hablar. En un solo aliento confesé que sí, que había mentido; no había nacido ni había sido educada en las Indias Holandesas, pero conocí el lugar y el sufrimiento de las mujeres que llegaron ahí en busca de independencia y excitación, y sólo encontraron aburrimiento y soledad. Intenté reproducir de la manera más fiel posible la última conversación de la mujer de Andreas con su marido buscando consolar a madame Guimet, sin dar a entender que ella estaba hablando de sí misma en todos los consejos que me daba.

—Todo en este mundo tiene dos lados. Las personas que fueron abandonadas por ese dios cruel llamado amor se culpan porque miran al pasado y se preguntan por qué hicieron tantos planes para el futuro. Pero si buscaran un poco más en sus memorias, recordarían el día en que aquella semilla fue plantada, y cómo la fertilizaron y la dejaron crecer hasta que se convirtió en un árbol imposible de arrancar.

Mi mano tocó instintivamente el lugar de mi bolso donde estaban las semillas que mi madre me entregara antes de morir. Siempre las llevaba conmigo.

—Entonces, cuando una mujer o un hombre son abandonados por la persona que amaban, se concentran sólo en su propio dolor. Nadie se pregunta qué está ocurriendo con el otro. ¿Estará también sufriendo porque eligió quedarse con la familia a causa de la sociedad, dejando atrás a su propio corazón? Todas las noches deben acostarse en sus camas sin poder dormir, confusos y perdidos, a veces creyendo que tomaron la decisión equivocada. Otras veces, seguros de que les tocaba proteger a sus familias y a sus hijos. Pero el tiempo no está de su lado; mientras más distante queda el momento de la separación, más purificados son los recuerdos de los momentos difíciles y pasan a ser sólo la nostalgia de aquel paraíso perdido.

Ya no puede ayudarse a sí mismo. Se convierte en una persona distante, parece ocupado durante los días de la semana, y los sábados y domingos viene al *Champ de Mars* a jugar bochas con sus amigos mientras su hijo se contenta con un helado y su mujer mira con aire perdido los vestidos elegantes que desfilan ante ella. No habrá un viento lo bastante fuerte para hacer que el barco cambie de rumbo; permanece en el puesto, arriesgándose sólo en aguas quietas. Todos sufren: los que partieron, los que se quedaron, las familias y los hijos. Pero nadie puede hacer nada.

Madame Guimet mantuvo los ojos fijos en el césped recién sembrado en el centro del jardín. Fingía que estaba apenas "tolerando" mis palabras, pero sabía que yo estaba poniendo el dedo en su herida y que ésta volvía a sangrar. Después de algún tiempo se levantó y sugirió que regresáramos; sus sirvientes ya debían de estar preparando la cena. Un artista que se estaba volviendo famoso e importante quería visitar

el museo con sus amigos, y terminarían la noche yendo a su galería, donde pretendía mostrarle sus cuadros.

—Claro, su intención es intentar venderme algo. Y mi intención es conocer a gente diferente, salir de un mundo que ya conozco lo suficiente y que comienza a aburrirme.

Caminamos sin prisa. Antes de atravesar de nuevo el puente en dirección al Trocadero, me preguntó si quería unirme a ellos. Le dije que sí, pero que había dejado mi vestido de noche en el hotel y que tal vez no fuera adecuado para la ocasión.

En realidad yo no tenía un vestido de noche que se acercara siquiera en elegancia y belleza a aquellos vestidos "para pasear en el parque" que usaban las mujeres con las que nos cruzábamos. Y el hotel era una metáfora para la pensión donde vivía hacía dos meses, la única que permitía que llevara a mis "invitados" a mi cuarto.

Pero las mujeres son capaces de entenderse sin decir palabra.

—Le puedo prestar un vestido para hoy en la noche, si quiere. Tengo muchos más de los que puedo usar.

Acepté con una sonrisa y nos dirigimos a su casa.

Cuando no sabemos adónde nos está llevando la vida, nunca estamos perdidos.

—Éste es Pablo Picasso, el artista de quien le hablé —y que, a partir del momento en que fuimos presentados, se olvidó del resto de los invitados y todo el tiempo procuro forzar una conversación conmigo. Habló de mi belleza, me pidió que posara para él, dijo que yo tenía que ir con él a Málaga aunque fuera para pasar una semana lejos de aquella locura que era París. Su objetivo era uno solo, y él no necesitaba decirme cuál: llevarme a la cama.

Yo estaba inmensamente incómoda con ese hombre feo, mal educado, de ojos muy abiertos y que se sentía el mejor entre los mejores. Sus amigos parecían mucho más interesantes, incluso un italiano, Amadeo Modigliani, que parecía más noble, más elegante, y que en ningún momento intentó forzar ninguna conversación. Cada vez que Pablo cerraba sus interminables e incomprensibles disertaciones sobre las revoluciones que ocurrían en el arte, yo me volteaba hacia Modigliani y eso parecía enfurecer al español.

—¿Usted qué hace? —quiso saber Amadeo.

Le expliqué que me dedicaba a la danza sagrada de las tribus de Java. Él no pareció entender muy bien pero, educadamente, comenzó a hablar de la importancia de los ojos en

la danza. Estaba fascinado con los ojos, y cuando por casualidad iba al teatro prestaba poca atención a los movimientos del cuerpo y se concentraba en lo que los ojos querían decir.

—Espero que eso ocurra en las danzas sagradas de Java, porque no sé nada sobre ellas. Sólo sé que en Oriente consiguen mantener el cuerpo completamente inmóvil y concentrar en los ojos toda la fuerza de lo que quieren decir.

Como yo no sabía exactamente cuál era la respuesta a eso, sólo movía la cabeza en una señal enigmática que podía parecer *sí* o *no*, dependiendo de cómo lo interpretara él. A cada momento Picasso interrumpía la conversación con sus teorías, pero el elegante y educado Amadeo sabía esperar el momento de volver al tema.

—¿Puedo darle un consejo? —me preguntó, cuando la cena se acercaba a su fin y todos nos preparábamos para ir al estudio del español. Yo asentí con la cabeza—. Sepa lo que quiere y procure ir más allá de lo que espera de sí misma. Mejore su baile, entrene mucho y póngase una meta muy alta, difícil de alcanzar. Porque ésa es la misión del artista: ir más allá de sus límites. Un artista que desea poco y acaba por conseguirlo, ha fallado en la vida.

El estudio del español no quedaba muy lejos y nos fuimos a pie. Ahí vi cosas que me deslumbraron y otras que simplemente detesté. ¿Pero no es ésa la condición humana? ¿Ir de un extremo a otro sin pasar por el medio? Para provocarlo, me paré delante de determinada pintura y le pregunté por qué insistía en complicar las cosas.

—Me tomó cuatro años aprender a pintar como un maestro del Renacimiento, y toda la vida para volver a dibujar como niño. Ahí está el verdadero secreto: en el dibujo de un niño. Lo que está viendo puede parecerle infantil, pero es lo más importante en el arte.

La respuesta me pareció brillante, pero yo no podía volver atrás en el tiempo y regresar a gustar de él. A esa altura Modigliani ya se había ido, madame Guimet presentaba visibles señales de cansancio, a pesar de que mantenía la pose, y Picasso parecía incomodado por los celos de su novia, Fernande.

Le expliqué que ya era tarde para todos y cada uno siguió su camino. Nunca más volví a encontrar a Amadeo o a Pablo. Sólo supe que Fernande decidió abandonarlo, pero no me informaron exactamente la razón. Volví a encontrarla sólo una vez, algunos años después, cuando trabajaba como vendedora en una tienda de antigüedades. Ella no me reconoció, yo fingí no reconocerla y ella también desapareció de mi vida.

En los años siguientes —que fueron pocos y hoy, cuando los recuerdo, parecen haber sido interminables— sólo miré el sol y me olvidé de las tempestades. Me dejé maravillar por la belleza de las rosas y no presté atención a las espinas. El abogado que me defendió en el tribunal, sin mucha convicción, fue uno de mis muchos amantes. Así que, doctor Édouard Clunet, usted puede arrancar esta página del cuaderno y tirarla, en caso de que las cosas salgan exactamente como planeó y yo termine ante el pelotón de fusilamiento. Por desgracia, no tengo a nadie más en quién confiar. Todos sabemos que no moriré a causa de este alegato estúpido de espionaje, sino porque decidí ser quien siempre soñé y el precio de un sueño siempre es alto.

El *striptease* ya existía —y estaba permitido por la ley— desde finales del siglo pasado, pero siempre fue considerado una mera exposición de carne humana. Yo transformé en arte ese espectáculo grotesco. Cuando volvieron a prohibirlo, yo pude continuar con mis presentaciones porque seguían estando dentro de la ley, ya que estaba lejos de la vulgaridad de las otras mujeres que se desnudaban en público. Entre los que frecuentaron mis actuaciones estuvieron compositores como

Puccini y Massenet, embajadores como Von Klunt y Antonio Gouvea, magnates como el Barón de Rotschild y Gaston Menier. Me cuesta creer que en el momento en que escribo estas líneas no estén haciendo algo para conseguir mi libertad. A fin de cuentas, ¿no está el capitán Dreyfus, injustamente acusado, de regreso de la Isla del Diablo?

Muchos alegarán: ¡él era inocente! Sí, pero yo también lo soy. No existe una prueba concreta contra mí, más allá de aquello de lo que yo misma acostumbraba jactarme para aumentar mi propia importancia cuando decidí abandonar la danza, a pesar de ser una excelente bailarina. Si no fuese así, no habría sido representada por el más importante agente de la época, míster Astruc, que también representaba a los grandes talentos rusos.

Astruc casi consiguió que yo bailara con Nijinsky en la Scala de Milán. Pero el agente —y amante— del bailarín me consideró una persona difícil, temperamental e insoportable y, con una sonrisa en los labios, consiguió que yo fuera obligada a mostrar mi arte sola, sin ningún apoyo de la prensa italiana o de los propios directores del teatro. Con eso, parte de mi alma murió. Yo sabía que estaba envejeciendo y que, en breve, ya no tendría las mismas flexibilidad y ligereza; y los periódicos serios, que tanto me elogiaran al comienzo, ahora se volteaban contra mí.

¿Y las imitadoras? Por todos lados aparecían carteles diciendo cosas como: "La sucesora de Mata Hari". Todo lo que hacían era sacudir el cuerpo de manera grotesca y quitarse la ropa, sin el menor arte ni inspiración.

No puedo quejarme de Astruc, aunque a estas alturas lo último que desee es ver su nombre asociado al mío. Apareció unos días después de la serie de presentaciones benéficas que hice para reunir fondos y ayudar a los soldados rusos heridos. Desconfiaba, sinceramente, de que todo ese dinero, resultado de mesas vendidas a precio de oro, fuera a terminar en los campos de batalla del Pacífico, donde los japoneses les estaban dando una paliza a los hombres del zar. Pero aun así fueron las primeras presentaciones después del Museo Guimet y todos estaban contentos con el resultado: yo podía lograr que más gente se interesara en mi trabajo, madame Kileyevsky llenaba sus arcas y me daba parte del dinero, los aristócratas creían que estaban contribuyendo a una buena causa y todos, absolutamente todos, tenían la posibilidad de ver a una bella mujer desnuda sin que eso causara ningún tipo de incomodidad.

Astruc me ayudó a encontrar un hotel digno de mi creciente fama y me consiguió contratos en todo París. Logró que me presentara en la más importante casa de espectáculos de la época, el Olympia. Hijo de un rabino belga, Astruc era capaz de apostar todo lo que tenía en personas totalmente desconocidas y que hoy son iconos de la época, como Caruso y Rubinstein. En el momento adecuado, me llevó a conocer el mundo. Gracias a él cambié por completo mi manera de comportarme, comencé a ganar más dinero del que jamás

imaginé, me presenté en las principales casas de espectáculos de la ciudad y pude, finalmente, darme el lujo de aquello que más apreciaba en el mundo: la moda.

No sé cuánto gasté, porque Astruc me decía que era de mal gusto preguntar el precio.

—Elige y manda que te lo entreguen en el hotel donde vives, y yo me encargo del resto.

Ahora, a medida que escribo estas líneas, comienzo a preguntarme a mí misma: ¿se quedaría él con parte del dinero?

Pero no puedo seguir así. No puedo mantener esa amargura en mi corazón, porque en caso de que salga de aquí —y espero que así suceda, porque es simplemente imposible ser abandonada por todo el mundo— habré acabado de cumplir cuarenta y un años y todavía quiero tener el derecho a ser feliz. Gané mucho peso y difícilmente podré volver a la danza, pero el mundo tiene muchas más cosas que eso.

Prefiero pensar en Astruc como alguien que fue capaz de arriesgar toda su fortuna construyendo un teatro e inaugurándolo con *La consagración de la primavera*, pieza de un compositor ruso completamente desconocido y cuyo nombre no consigo recordar, estelarizada por aquel idiota de Nijinsky, que imitó mi escena de masturbación en la primera presentación que hizo en París.

Prefiero recordar a Astruc como aquel que cierta vez me invitó a tomar el tren e ir a Normandía, porque ambos habíamos hablado la víspera sobre la nostalgia de pasar tanto tiempo sin ver el mar. Ya hacía casi cinco años que trabajábamos juntos.

Nos quedamos ahí, sentados en la playa, sin conversar mucho; hasta que saqué una hoja de periódico de mi bolsa y se lo extendí para que lo leyera.

"La decadente Mata Hari: mucho exhibicionismo y poco talento", decía el título del artículo.

—Lo publicaron hoy —dije.

Mientras él leía me levanté, fui hasta la orilla del agua y recogí algunas piedras.

—Al contrario de lo que piensas, estoy harta. Me aparté de mis sueños y no soy, ni de lejos, la persona que imaginaba ser.

—¿Cómo? —dijo un sorprendido Astruc—. ¡Yo represento sólo a los mejores artistas y tú estás entre ellos! ¿Una simple crítica de quien no tiene nada mejor que escribir te puede sacar de tus casillas?

—No. Pero es lo primero que leo sobre mí en mucho tiempo. Estoy desapareciendo rápidamente de los teatros y de la prensa. Las personas me ven sólo como una prostituta que se desnuda en público, so pretexto de mostrar algún arte.

Astruc se levantó y vino a mí. Recogió también algunas piedras del suelo y lanzó una de ellas al agua, bien lejos de donde las olas reventaban.

—Yo no represento a prostitutas, porque eso acabaría con mi carrera. Es cierto que ya tuve que explicar a uno o dos de mis representados por qué había un cartel de Mata Hari en

mi escritorio. ¿Y sabes lo que les dije? Que lo que tú haces es repetir un mito de Sumeria, en el cual la diosa Inanna va al mundo prohibido. Ella tiene que atravesar siete portales; en cada uno de ellos hay un guardián y, para pagar su pasaje, se va quitando piezas de su ropa. Un gran escritor inglés que tuvo que exiliarse en París y terminó muriendo en la soledad y en la miseria escribió una pieza de teatro que un día se convertirá en un clásico. Cuenta la historia de cómo Herodes consiguió la cabeza de Juan el Bautista.

—¡Salomé! ¿Dónde está esa obra?

El estado de mi espíritu comenzaba a cambiar.

—No tengo los derechos autorales de ella. Y ya no puedo encontrar a su autor, Oscar Wilde, a no ser que vaya al cementerio a invocar su espíritu. Demasiado tarde.

De nuevo volvieron la frustración, la miseria, la idea de que, en breve, estaría vieja, fea y pobre. Ya pasaba de los treinta años, una edad crucial. Tomé una piedra y la lancé con más fuerza que Astruc.

—Piedra, vete lejos y llévate mi pasado contigo. Todas mis vergüenzas, toda mi culpa y los errores que cometí.

Astruc lanzó su piedra, explicándome que yo no había cometido ningún error. Ejercí mi poder de decisión. Yo no le presté atención y arrojé otra piedra.

—Y ésa es para el abuso que sufrieron mi cuerpo y mi alma. Desde mi primera y terrible experiencia sexual hasta el momento presente, donde me acuesto con hombres ricos, realizando actos que terminan por ahogarme en lágrimas.

Todo eso por influencia, dinero, vestidos, cosas que se van haciendo viejas. Vivo atormentada por las pesadillas que creé para mí misma.

—¿Entonces no eres feliz? —me preguntó un Astruc cada vez más sorprendido. Finalmente habíamos decidido pasar una tarde agradable en la playa.

Yo no paraba de arrojar piedras, cada vez con más furia y cada vez más sorprendida conmigo misma. El mañana ya no parecía más el mañana, y el presente ya no era más el presente, sino un pozo que estaba cavando a cada paso que daba. Por aquí y por allá las personas paseaban, los niños jugaban, las gaviotas hacían movimientos extraños en el cielo y las olas venían más calmadamente de lo que imaginaba.

—Ésa es porque sueño con ser aceptada y respetada, aunque no le deba nada a nadie. ¿Por qué necesito eso? Perder mi tiempo con preocupaciones, arrepentimientos, oscuridad; esa oscuridad que termina esclavizándome y encadenándome a una roca de donde ya no puedo salir y donde sirvo de alimento a las aves de rapiña.

No podía llorar. Las piedras se iban hundiendo en el agua, tal vez cayendo unas al lado de otras y reconstruyendo a Margaretha Zelle bajo la superficie. Pero yo no quería volver a ser ella, la que miró en los ojos de la mujer de Andreas y entendió todo. La que me dijo, sin mencionar estas palabras exactas, que nuestras vidas están planeadas hasta en sus menores detalles: nacer, estudiar, ir a la universidad en busca de un marido, casarse —aunque sea con el peor hombre del mundo

sólo para que los demás no digan que nadie nos quiere— y tener hijos, envejecer, pasar el final de los días en una silla en el camino mirando quién pasa, fingiendo que se sabe todo de la vida, pero sin poder acallar la voz del corazón que dice: "Podías haber intentado otra cosa".

Una gaviota se aproximó a nosotros, dio un grito estridente y se apartó de nuevo. Llegó tan cerca que Astruc se puso el brazo en los ojos, para protegerlos. Ese grito me trajo de vuelta a la realidad; volví a ser una mujer famosa, segura de su belleza.

—Quiero parar. No quiero seguir en esta vida. ¿Cuánto tiempo podré trabajar todavía como actriz y bailarina?

Él fue honesto en su respuesta:

—Tal vez unos cinco años más.

—Entonces aquí terminamos.

Astruc tomó mi mano:

—¡No podemos! Todavía hay contratos por cumplir y me multarán si no lo hago. Además, necesitas ganarte la vida. No querrás terminar tus días en aquella pensión inmunda donde te encontré, ¿o sí?

—Cumpliremos con los contratos. Tú fuiste bueno conmigo y no voy a dejar que pagues por mis delirios de grandeza o de bajeza. Pero no te preocupes; yo sé cómo seguir ganándome la vida.

Y sin pensarlo mucho comencé a contarle mi vida, cosa que hasta entonces había guardado sólo para mí misma, porque todo era una mentira tras otra. A medida que hablaba, las lágrimas comenzaron a brotar. Astruc me preguntó si estaba bien, pero yo seguí contándole todo y él ya no dijo nada, sólo permaneció escuchándome en silencio.

Creí que estaba llegando al fondo de un pozo negro, aceptando finalmente que no era nada de lo que había pensado, pero de pronto me di cuenta de que a medida que encaraba mis heridas y cicatrices, me sentía más fuerte. Las lágrimas tenían una voz propia y no surgían de mis ojos, sino de la más profunda y oscura parte de mi corazón, contándome una historia que ni yo misma conocía bien. Ahí estaba, en una balsa que navegaba en la más completa oscuridad, pero allá a lo lejos, en el horizonte, podía ver la luz de un farol que terminaría por conducirla a tierra firme, si el mar revuelto lo permitía, si ya no fuera demasiado tarde.

Nunca había hecho eso antes. Pensaba que si hablaba de mis heridas terminaría por volverlas más reales y, sin embargo, sucedía exactamente lo contrario: estaban siendo cicatrizadas por mis lágrimas.

A veces daba golpes en la grava de la playa y mis manos sangraban, pero ni siquiera sentía el dolor, porque estaba siendo curada. Entendí por qué los católicos se confesaban, incluso sabiendo que los sacerdotes tenían pecados iguales o peores que ellos. No importaba quién estuviera oyendo; lo que importaba era dejar la herida abierta para que el sol la purificara y el agua de la lluvia la lavara. Eso estaba haciendo ahora, ante un hombre con el cual no tenía ninguna

intimidad. Y ésa era la verdadera razón por la cual yo podía hablar tan libremente.

Después de mucho tiempo, cuando dejé de sollozar y permití que el murmullo de las olas me calmara, Astruc me tomó gentilmente del brazo y dijo que el último tren a París partiría dentro de poco y que sería mejor que nos apresuráramos. En el camino, Astruc me contó todas las novedades del medio artístico, quién estaba durmiendo con quién, y quién había sido despedido de tal o cual lugar.

Yo reía y pedía más. Era realmente un hombre sabio y elegante; sabía que aquel asunto había escurrido por mis ojos a través de las lágrimas, enterrándose en la arena, donde debía permanecer hasta el fin de los tiempos.

—Vivimos el mejor momento de nuestra historia. ¿Cuándo llegaste aquí?

—En la época de la Exposición Universal; era otro París, más provinciano, aunque yo creyera que estaba en el centro del mundo.

El sol de la tarde entraba por la ventana del carísimo cuarto ubicado en el Hotel Élysée. Estábamos rodeados de todo lo mejor que Francia podía ofrecer: champán, ajenjo, chocolates, quesos y el perfume de las flores recién cortadas. Afuera podíamos ver la gran torre que ahora tenía el nombre de su constructor, Eiffel.

Él también miró la inmensa estructura de hierro.

—No fue construida para permanecer ahí después de la exposición. Espero que sigan adelante con el plan de desmontar rápido ese monstruo.

Yo podía no estar de acuerdo sólo para que él presentara más argumentos y terminara venciendo al final. Pero me quedé callada, mientras él hablaba de la *Belle Époque* que vivía el país. La producción industrial se había triplicado, la agricultura se apoyaba ahora en máquinas capaces de hacer solas el trabajo de diez hombres, las tiendas estaban llenas y

la moda había cambiado por completo, lo cual me agradaba mucho, ya que tenía el pretexto de ir de tiendas y renovar mi guardarropa por lo menos dos veces al año.

—¿Te diste cuenta de que hasta la comida sabe mejor?

—El presidente de la república me dijo que el número de bicicletas subió de trescientas setenta y cinco mil al final del siglo a más de tres millones hoy en día; las casas tienen agua potable y gas; las personas pueden viajar lejos en las vacaciones; el consumo de café se cuadruplicó, y se puede comprar pan sin que se formen filas ante las panaderías.

¿Por qué me estaba dando esa conferencia? Era hora de dar un bostezo y volver al papel de "mujer tonta".

El antiguo ministro de Guerra, actual diputado de la Asamblea Nacional, Adolphe Messimy, se levantó de la cama y comenzó a ponerse la ropa con todas las medallas y galardones. Ese día tenía un encuentro con su antiguo batallón, y no podía ir vestido como un simple civil.

—Aunque detestemos a los ingleses, por lo menos ellos tienen razón en algo: son más discretos cuando se visten para ir a la guerra con sus horribles uniformes marrones. Nosotros, por otra parte, creemos que debemos morir con elegancia, con estos pantalones y quepis rojos que le gritan al enemigo: "¡Hey, apunten sus rifles y cañones para acá! ¿No nos están viendo?"

Se rio de su propia broma; yo también reí para complacerlo y comencé a vestirme. Hacía mucho había perdido la ilusión de ser amada por quien yo era y ahora aceptaba, sin mayor problema, flores, adulaciones y dinero que alimentaban mi ego y mi falsa identidad. Con toda certeza me iría un día a la tumba sin haber conocido el amor. ¿Pero qué diferencia hacía eso? Para mí, el amor y el poder eran lo mismo.

Pero no era tan tonta como para dejar que otros lo percibieran. Me aproximé a Messimy y le di un sonoro beso en la cara, cuya mitad estaba cubierta por esos bigotes parecidos a los de mi desventurado marido.

Él puso encima de la mesa un grueso sobre lleno de billetes de mil francos.

—No me malentiendas, mademoiselle. Como estaba hablando del progreso del país, creo que es hora de ayudar al consumo. Soy un oficial que gana mucho y gasta poco. Por lo tanto debo contribuir un poco, estimulando el consumo.

De nuevo rio de su propia broma porque pensaba, sinceramente, que yo estaba enamorada por tantas medallas y por su íntima convivencia con el presidente de la república, lo que siempre procuraba mencionar cuando nos reuníamos.

Si él supiera que todo era falso, que el amor, para mí, no obedecía a ninguna regla, tal vez terminaría por apartarse y, después, por castigarme. Está ahí no sólo por sexo, sino para sentirse querido, como si el amor de una mujer pudiera realmente despertar la sensación de que era capaz de todo.

Sí, el amor y el poder eran lo mismo, y no sólo para mí.

Él salió y yo me vestí sin prisas. Mi próxima cita era fuera de París, y tarde en la noche. Pasaría al hotel, me pondría mi mejor vestido y me dirigiría a Neuilly, donde mi amante más

fiel había comprado una villa a mi nombre. Consideré pedirle también que me diera un carro con chofer, pero pensé que desconfiaría.

Claro, yo podría ser más, digamos, exigente con él. Era casado, un banquero con una inmensa reputación, y cualquier cosa que yo insinuara en público sería una fiesta para los periódicos, que ahora sólo se interesaban por mis "célebres amantes" y se habían olvidado por completo del largo trabajo que tanto me costó hacer.

Durante mi juicio supe que alguien en el *lobby* fingía leer un periódico, pero en realidad estaba vigilando todos mis movimientos. En cuanto salí, él se levantó de su lugar y me siguió discretamente.

Di un paseo por los bulevares de la ciudad más bonita del mundo, vi los cafés llenos, las personas cada vez mejor vestidas caminando de un lado al otro, escuché la música de violines que salía por las puertas y ventanas de los lugares más sofisticados y pensé que, a final de cuentas, la vida había sido buena conmigo. No era necesario chantajear a nadie, bastaba con saber cómo administrar los dones que había recibido y tendría una vejez tranquila. Además, si yo hablara de un solo hombre con el que había dormido, todos los demás huirían inmediatamente de mi compañía, por temor a ser chantajeados y expuestos también.

Tenía planes de ir al castillo que mi amigo el banquero había mandado construir para "su vejez". Pobrecito; ya era viejo, pero no quería admitirlo. Me quedaría allá dos o tres días practicando equitación, y el domingo estaría de regreso en París, yendo directo al Hipódromo de Longchamp, para tener la oportunidad de mostrar a todos los que me envidiaban y a los que me admiraban que era una excelente amazona.

Pero antes de que cayera la noche, ¿por qué no tomar un buen té de manzanilla? Me senté afuera de un café y las personas me miraron, porque mi rostro y mi cuerpo estaban ahora en varias tarjetas postales repartidas por toda la ciudad. Yo fingí que estaba en un mundo de devaneos, con el aire de quien tenía cosas más importantes que hacer.

Aun antes de que tuviera oportunidad de pedir algo, un hombre se acercó y elogió mi belleza. Reaccioné con el acostumbrado aire de aburrimiento y le agradecí con una sonrisa formal, volteando luego la cara. Pero el hombre no se movió.

—Una buena taza de café salvará el resto de su día.

No respondí. Él le hizo señal a un mesero y le pidió que me atendiera.

—Un té de manzanilla, por favor —le dijo al mesero.

Su francés estaba cargado con un acento que podría ser de Holanda o de Alemania.

El hombre sonrió y tocó el ala de su sombrero como si se estuviera despidiendo, pero en realidad me estaba saludando. Me preguntó si me molestaba que se sentara ahí por unos minutos. Respondí que sí, que prefería estar sola.

—Una mujer como Mata Hari jamás está sola —dijo el recién llegado. El hecho de que me hubiera reconocido tocó una cuerda que normalmente suena muy alto en cualquier ser humano: la vanidad. Aun así no lo invité a sentarse.

—Tal vez esté buscando algo que todavía no encuentra —continuó—, porque además de ser reconocidamente la mejor vestida de toda la ciudad, según leí recientemente en alguna revista, queda muy poco por conquistar, ¿no es verdad? Y, de repente, la vida se vuelve un completo aburrimiento.

Por lo visto, aquel era un admirador empedernido; ¿cómo sabía cosas publicadas sólo en revistas femeninas? ¿Le daría o no una oportunidad? Al final, aún era temprano para llegar a Neuilly y cenar con el banquero.

—¿Está teniendo éxito en encontrar cosas nuevas? —insistió.

—Claro. Me descubro nueva a cada momento. Y eso es lo más interesante en la vida.

Él no volvió a pedirlo; simplemente jaló una silla, se sentó a mi mesa y, cuando el mesero llegó con el té, pidió una gran taza de café para sí, haciendo una señal que indicaba: "Yo pago la cuenta".

—Francia se encamina a una crisis —continuó—. Y va a ser muy difícil salir de ella.

Esa tarde yo había escuchado exactamente lo contrario. Pero parece que todo hombre tiene una opinión respecto de la economía, asunto que no me interesaba en absoluto.

Decidí jugar un poco su juego. Repetí como perico todo lo que Messimy me había dicho acerca de lo que llamó la *Belle Époque*. Él no mostró ninguna sorpresa.

—No hablo sólo de la crisis económica; hablo de las crisis personales, de las crisis de valores. ¿Usted cree que la gente ya se acostumbró a la posibilidad de conversar a distancia, a través de ese invento que los americanos trajeron a la exposición de París y que ahora está en cada rincón de Europa?

—Durante millones de años, el hombre siempre habló de lo que podía ver. De repente, en sólo una década, 'ver' y 'hablar' se separaron. Pensamos que estamos acostumbrados a eso y no nos damos cuenta del inmenso impacto que eso causa en nuestros reflejos. Nuestro cuerpo simplemente todavía no está acostumbrado.

—El resultado práctico es que, cuando estamos al teléfono, logramos entrar en un estado muy semejante al de ciertos trances mágicos; descubrimos otras cosas sobre nosotros mismos.

El mesero volvió con la cuenta. Él dejó de hablar hasta que el hombre se apartó.

—Sé que usted debe estar cansada de ver, en cada esquina, alguna bailarina vulgar de *striptease* diciéndose la sucesora de la gran Mata Hari. Pero la vida es así: nadie aprende. Los filósofos griegos… ¿Le estoy aburriendo, mademoiselle?

Negué con la cabeza y él continuó:

—Dejemos a un lado a los filósofos griegos. Lo que ellos pensaban hace millones de años todavía se aplica a lo que sucede hoy. Entonces el hecho no es nuevo. En realidad, me gustaría hacerle una propuesta.

Otro más, pensé.

—Como aquí ya no la tratan con el respeto que se merece, ¿no le gustaría presentarse en un lugar donde ya han escuchado su nombre como la gran bailarina del siglo? Estoy hablando de Berlín, la ciudad de donde vengo.

Era una propuesta tentadora.

—Puedo ponerlo en contacto con mi empresario...

Pero el recién llegado cortó la conversación.

—Prefiero tratar directamente con usted. Su empresario es de una raza que no apreciamos mucho, ni los franceses ni los alemanes.

Era una historia extraña esa de que detesten a las personas sólo a causa de su religión. Lo había visto con los judíos antes, cuando estaba en Java; supe de algunas masacres cometidas por el ejército sólo porque adoraban a un dios sin rostro y tenían un libro sagrado que aseguraban había sido dictado por un ángel a un profeta, de cuyo nombre tampoco me acordaba. Cierta vez alguien me había dado una copia de ese libro llamado el Corán, pero nada más para que pudiera apreciar la caligrafía árabe. Aun así, cuando mi marido llegó a casa, tomó el regalo y lo mandó quemar.

—Mis socios y yo le pagaremos una buena cantidad —continuó, revelando una interesante suma de dinero. Le pregunté cuánto significaba el valor mencionado en francos, y quedé aterrada con la respuesta. Tuve ganas de decir que sí inmediatamente, pero una señora de clase no actúa por impulso.

—Allá usted será reconocida como merece. París siempre es injusta con sus hijos, sobre todo después de que dejan de ser novedad.

Él no sabía que me estaba ofendiendo, porque estaba pensando exactamente en eso mientras caminaba. Recordé aquel día en la playa con Astruc y pensé que ahora no podría participar en el acuerdo. Sin embargo, no podía no hacer nada y asustar a la presa.

—Lo pensaré —dije, secamente.

Nos despedimos y él me dijo dónde estaba hospedado, prometiendo que aguardaría la respuesta hasta el día siguiente, porque debía volver a su ciudad. Salí y me fui directamente a la oficina de Astruc. Confieso que ver todos aquellos pósters de gente que apenas estaba comenzando a ser famosa me llenó de una inmensa tristeza. Pero no podía volver atrás en el tiempo.

Él me recibió con la cortesía de siempre, como si yo fuera su artista más importante. Le conté la conversación y le dije que independientemente de lo que ocurriera, él recibiría su comisión.

Lo único que dijo fue:

—¿Pero ahora?

Yo no entendí. Pensé que estaba siendo ligeramente grosero conmigo.

—Sí, ahora. Todavía tengo mucho, muchísimo que hacer en los escenarios.

Él asintió con la cabeza, me deseó felicidad y dijo que no necesitaba su comisión porque tal vez fuera hora de comenzar a economizar y dejar de gastar tanto en ropa.

Yo estuve de acuerdo y salí. Pensé que todavía estaba devastado por el fracaso que había sido el estreno de su teatro. Debía estar al borde de la ruina. También, lanzar algo como *La consagración de la primavera* y poner a un plagiador como Nijinsky en el papel principal era pedir que los vientos contrarios reventaran el barco que había construido.

Al día siguiente me puse en contacto con el extranjero y le dije que aceptaba su propuesta, pero no sin antes hacer una serie de exigencias que me parecían de lo más absurdas, y a las cuales estaba dispuesta a renunciar. Pero, para mi sorpresa, él sólo me dijo que era una extravagante y estuvo de acuerdo con todo, porque los verdaderos artistas son así.

¿Quién era la Mata Hari que subió a bordo en un día lluvioso, en una de las muchas estaciones del tren de la ciudad, sin saber cuál era el próximo paso que el destino le reservaba, apenas confiando en que iba a un país donde la lengua era semejante a la suya, de manera que jamás estaría perdida?

¿Qué edad tenía? ¿Veinte? ¿Veintiún años? No podía tener más de veintidós, aunque el pasaporte que llevaba conmigo dijera que había nacido el 7 de agosto de 1876 y, mientras el tren seguía en dirección a Berlín, el periódico mostraba la fecha del 11 de julio de 1914. Pero no quería hacer cuentas; estaba más interesada en lo que había ocurrido quince días antes: el cruel atentado en Sarajevo donde perdieran la vida el archiduque Fernando y su elegantísima mujer, cuya única culpa fue estar a su lado cuando un loco anarquista disparó.

De cualquier manera, me sentía completamente distinta a todas las otras mujeres que iban en aquel vagón. Yo era el pasajero exótico que atravesaba una tierra devastada por la pobreza de espíritu de todos. Era un cisne en medio de patos que se rehusaban a crecer, temiendo a lo desconocido. Miraba a las parejas que me rodeaban y me sentía absolutamente

desprotegida; tantos hombres habían estado conmigo, y ahí estaba yo, sola, sin nadie que tomara mi mano. Cierto que rechacé muchas propuestas de amor; ya había tenido mi experiencia y no pensaba repetirla; sufrir por quien no lo merece y acabar vendiendo mi cuerpo por mucho menos, por la pretendida seguridad de un hogar.

El hombre que iba a mi lado, Franz Olav, miraba por la ventana con aire preocupado. Le pregunté qué pasaba, pero no me respondió; ahora que estaba bajo su control, ya no necesitaba responder. Todo lo que yo tenía que hacer era danzar y danzar, aunque ya no tuviera la misma flexibilidad de antes. Pero con un poco de entrenamiento, justamente a causa de mi pasión por los caballos, seguramente estaría lista a tiempo para el estreno. Francia ya no me interesaba; había absorbido lo mejor de mí y me hizo a un lado, dando preferencia a los artistas rusos, posiblemente nacidos en otros lugares como Portugal, Noruega o España, repitiendo el mismo truco que yo había utilizado cuando llegué. Muestra algo exótico que aprendiste en tu tierra, y los franceses, siempre ávidos de novedades, seguramente te creerán.

Por muy poco tiempo, pero lo harán.

A medida que el tren avanzaba Alemania adentro, yo veía soldados caminando hacia la frontera occidental. Eran batallones y más batallones, gigantescas ametralladoras y cañones jalados por caballos.

Intenté de nuevo iniciar una conversación.

—¿Qué está pasando?

Pero obtuve sólo una enigmática respuesta:

—Sea lo que sea, lo que esté ocurriendo, quiero saber que podemos contar con su ayuda. Los artistas son muy importantes en este momento.

No era posible que estuviera hablando de guerra, pues no habían publicado nada al respecto, y los periódicos franceses estaban mucho más preocupados por difundir los chismes de los salones o quejarse de tal cocinero que acababa de perder una condecoración del gobierno. Aunque un país odiara al otro, eso era normal.

Cuando una nación se vuelve la más importante del mundo, siempre hay un precio que pagar. Inglaterra tenía su imperio donde el sol nunca se pone, pero pregunten a alguien si prefería conocer Londres o París; no tengan duda de que la respuesta sería la ciudad atravesada por el río Sena, con sus catedrales, *boutiques*, teatros, pintores, músicos y —para los que son un poco más atrevidos— cabarets, famosos en el mundo entero, como el Folies Bergère, el Moulin Rouge o el Lido.

Bastaba con preguntar qué era más importante: una torre con un odiado reloj, un rey que jamás aparecía en público o una gigantesca estructura de acero que comenzaba a ser conocida en toda Europa por el nombre de su creador, *Tour Eiffel*. O el monumental Arco del Triunfo o la avenida Champs Élysées, que ofrecía todo lo mejor que el dinero podía comprar.

Inglaterra, con todo su poder, también odiaba a Francia, pero no por eso estaba preparando barcos de guerra.

Pero a medida que el tren cruzaba por el suelo alemán, tropas y más tropas se dirigían al oeste. De nuevo le insistí a Franz y de nuevo recibí la misma enigmática respuesta.

—Estoy lista para ayudar —dije—. Pero ¿cómo puedo hacerlo si no sé de qué se trata?

Por primera vez él despegó la vista de la ventana y se volvió hacia mí.

—Yo tampoco lo sé. Fui contratado para traerla a Berlín, hacer que baile para nuestra aristocracia y algún día, no tengo la fecha exacta, vaya al Ministerio de Relaciones Exteriores. Fue un admirador de ahí quien me dio el dinero suficiente para contratarla, a pesar de ser una de las más extravagantes artistas que he conocido. Espero que me paguen lo que estoy invirtiendo.

Antes de cerrar este capítulo de mi historia, estimado y detestado doctor Clunet, me gustaría hablar un poco más de mí misma, porque fue para eso que comencé a escribir estas páginas que se convirtieron en un diario dentro del cual, en muchas de sus partes, pude haber sido traicionada por la memoria.

¿Usted realmente piensa —de todo corazón— que si fueran a elegir a alguien que espiara para Alemania, Francia, o incluso para Rusia, escogerían a alguien que estaba siendo constantemente vigilada por el público? ¿No le parece muy, pero muy ridículo?

Cuando tomé aquel tren para Berlín, pensaba que había dejado atrás mi pasado. Cada kilómetro recorrido me apartaba más de todo lo que había vivido, hasta de los buenos recuerdos, del descubrimiento de lo que era capaz de hacer en los escenarios y fuera de ellos, de los momentos en que cada calle y cada fiesta en París eran una gran novedad para mí. Ahora entiendo que no puedo huir de mí misma. En 1914, en vez de volver a Holanda, hubiera sido facilísimo encontrar a alguien que se apoderara de lo que sobraba de mi alma, cambiar de nombre una vez más, irme a uno de los

muchos lugares del mundo donde mi rostro no era conocido y comenzar todo de nuevo.

Pero eso significaba vivir el resto de la vida dividida en dos; la que pudo ser todo y la que nunca fue nada, que ni siquiera tiene una historia que contar a sus hijos y nietos. Aun cuando por el momento esté presa, mi espíritu sigue siendo libre. Mientras todos están luchando para ver quién sobrevive en medio de tanta sangre, en una batalla que no termina nunca, yo no necesito luchar más, sólo esperar que gente que nunca conocí decida quién soy. Si me juzgan culpable, un día la verdad saldrá a la luz y el manto de la vergüenza será extendido sobre sus cabezas, las de sus hijos, sus nietos y su país.

Creo sinceramente que el presidente es un hombre de honor.

Que mis amigos, siempre dóciles y dispuestos a ayudarme cuando lo tenía todo, continúen a mi lado ahora que ya no tengo nada. El día acaba de amanecer, escucho a los pájaros y el barullo de la cocina allá abajo. El resto de las prisioneras duerme, algunas con miedo, algunas resignadas a su propia suerte. Yo dormí hasta el primer rayo de sol, y ese rayo de sol me trajo la esperanza de justicia, aunque no haya entrado en mi celda, sino sólo mostrado su fuerza en el pequeño pedazo de cielo que logro ver desde aquí.

No sé por qué la vida me hace pasar por tanto en tan poco tiempo.

Para ver si consigo aguantar los momentos difíciles.

Para ver de qué estoy hecha.

Para darme experiencia.

Pero existen otros métodos, otras formas de conseguirlo. No necesitaba hacer que me ahogara en la oscuridad de mi propia alma, hacerme atravesar este bosque lleno de lobos y otros animales salvajes, sin tener una sola mano que me guíe.

Lo único que sé es que este bosque, por muy aterrador que pueda ser, tiene un final, y pretendo llegar al otro lado. Seré generosa en la victoria y no acusaré a quienes tanto mintieron sobre mí.

¿Sabe qué voy a hacer ahora, antes de escuchar los pasos en el corredor y la llegada del desayuno? Voy a bailar. Voy a recordar cada nota musical y voy a mover mi cuerpo de acuerdo con los compases, porque eso me muestra quién soy: ¡una mujer libre!

Porque fue eso lo que busqué siempre: la libertad. No busqué el amor, aunque él haya llegado y haya partido, y que por su causa haya hecho cosas que no debía hacer y viajé a lugares donde estaba siendo buscada.

Pero no quiero adelantar mi propia historia; la vida está corriendo muy rápido y tengo dificultades para acompañarla desde aquella mañana en que llegué a Berlín.

El teatro fue rodeado y el espectáculo interrumpido justamente cuando se hallaba en un momento de gran concentración, dando lo mejor que podía dar después de tanto tiempo de no ejercitarme como debía. Soldados alemanes subieron al escenario y dijeron que a partir de ese día todas las presentaciones en todas las casas de espectáculos estaban canceladas hasta nueva orden.

Uno de ellos leyó en voz alta un comunicado:

—Estas son las palabras de nuestro káiser: "Vivimos un momento negro en la historia del país, que está rodeado de enemigos. Será necesario desenvainar nuestras espadas. Espero que podamos usarlas bien y con dignidad".

Yo no entendía nada. Fui al camerino, me puse mi bata encima de la poca ropa que estaba usando, y vi a Franz entrar despavorido.

—Necesita irse ya o será arrestada.

¿Irme ya? ¿A dónde? Y, además, ¿no tenía yo una cita en la mañana del día siguiente con alguien del Ministerio de Relaciones Exteriores alemán?

—Todo está cancelado —dijo él, sin ocultar su preocupación—. Tiene suerte de ser ciudadana de un país neutro, y debe irse para allá inmediatamente.

Yo pensaba en todo en la vida, menos en volver al lugar al que me había costado tanto dejar.

Franz sacó un fajo de billetes de marcos de su bolsillo y lo puso en mis manos.

—Olvide el contrato de seis meses que firmamos con el Teatro Metropol. Éste es todo el dinero que logré juntar y lo que estaba aquí en la caja del teatro. Márchese inmediatamente. Yo me encargo de enviarle su ropa después, si es que sigo vivo. Porque, al contrario de usted, acabo de ser convocado.

Yo cada vez entendía menos.

—El mundo enloqueció —decía él, caminando de un lado al otro—. La muerte de un pariente, por más próximo que sea, no es una buena explicación para enviar a la gente a la muerte. Pero los generales mandan en el mundo y quieren continuar lo que no terminaron cuando Francia fue vergonzosamente derrotada hace treinta años. Piensan que todavía viven en aquella época y pactaron entre sí que un día el país se vengaría de la humillación. Quieren impedir que se fortalezcan demasiado y todo indica que, a cada día que pasa, están realmente más fuertes. Ésta es mi explicación para todo lo que está sucediendo: matar a la serpiente antes de que se vuelva demasiado fuerte y nos estrangule.

—¿Está diciendo que estamos yendo a una guerra? ¿Por eso estaban desplazándose hace una semana?

—Exactamente. El juego de ajedrez es más complicado porque todos los gobernantes están ligados por alianzas. Algo muy cansado de explicar. Pero, mientras conversamos, nuestros ejércitos están invadiendo Bélgica, Luxemburgo se ha rendido y ahora se dirigen a las regiones industriales de Francia con siete divisiones muy bien armadas. Parece que mientras los franceses disfrutaban la vida, nosotros estábamos buscando un pretexto. Mientras los franceses construían la Torre Eiffel, nuestros hombres invertían en cañones. No creo que esto dure mucho; después de algunas muertes en ambos lados, siempre termina reinando la paz. Pero hasta entonces, usted tiene que refugiarse en su propio país y esperar a que todo se calme.

La conversación de Franz me sorprendía; él parecía estar genuinamente interesado en mi bienestar. Me acerqué a él y toqué su rostro.

—No se preocupe, todo va a salir bien.

—Nada va a salir bien —respondió, apartando bruscamente mi mano.

—Y lo que yo más quería está perdido para siempre.

Tomó la mano que había apartado con tanta violencia.

—Cuando era más joven, mis padres me obligaron a aprender a tocar el piano. Siempre lo detesté, y en cuanto pude irme de casa, olvidé todo, menos una cosa: la más bella melodía del mundo se transforma en una monstruosidad si las cuerdas están desafinadas.

—Cierta ocasión, estaba en Viena cumpliendo el servicio militar obligatorio, y tuvimos dos días de descanso. Un cartel mostraba a una muchacha que, aun sin verla personalmente, pronto despertó esa sensación que ningún hombre debe sentir: amor a primera vista. Esa muchacha eras tú. Cuando entré en el teatro abarrotado, pagando una entrada que costaba más de lo que ganaba en una semana, vi que todo lo que estaba desafinado en mí, mi relación con mis padres, con el ejército, con el país, con el mundo, de repente se armonizaba sólo con ver a esa joven bailar. No era la música exótica o el erotismo que parecían estar presentes en el escenario y en la audiencia: era la chica.

Yo sabía de quién estaba hablando, pero no quise interrumpir.

—Debí haberte dicho todo esto antes, pero creí que tendría tiempo. Hoy soy un empresario exitoso de teatro, tal vez motivado por lo que vi aquella noche en Viena. Mañana me presentaré con el capitán responsable de mi unidad. Fui varias veces a París para ver tus espectáculos. Vi que, a pesar de todo su esfuerzo, Mata Hari estaba perdiendo terreno ante un grupo de personas que ni siquiera merecen ser llamadas "bailarines" o "artistas". Decidí traerte a un lugar donde pudieran apreciar tu trabajo, y lo hice por amor, sólo por amor, un amor jamás correspondido, pero ¿qué importancia tiene eso? Lo que cuenta es estar cerca de la persona amada y ése era mi objetivo.

—Un día, antes de reunir el coraje para abordarte en París, un oficial de la embajada entró en contacto conmigo. Dijo que ahora estabas saliendo con un diputado que, según nuestro servicio de espionaje, debería ser el próximo ministro de Guerra.

—Pero ya lo fue.

—Según nuestro servicio de espionaje, volverá al cargo que antes ocupaba. Ya había encontrado muchas veces a ese oficial, bebíamos juntos y frecuentábamos la noche parisina. En una de esas noches bebí un poco de más y hablé horas al hilo sobre ti. Él sabía que yo estaba enamorado y me pidió que te trajera aquí, pues precisaríamos de tus servicios en breve.

—¿Mis servicios?

—Como alguien que tiene acceso al círculo íntimo del gobierno.

Lo que él estaba queriendo decir, sin tener el valor de mencionar la palabra, era: *espía*. Algo que yo nunca haría en mi vida. Como debe recordar, excelentísimo doctor Clunet, yo lo dije en esa farsa que fue mi juicio:

—Prostituta, sí. ¡Espía, jamás!

—Por eso, sal directamente del teatro y vete a Holanda. El dinero que te di es más que suficiente. Pronto ese viaje será imposible. Y todavía más terrible sería si fuera posible, porque significaría que logramos infiltrar a alguien en París.

Yo ya estaba bastante asustada, pero no lo suficiente, como para darle un beso y agradecerle lo que estaba haciendo por mí.

Iba a mentirle, diciéndole que lo estaría esperando cuando acabara la guerra, pero la honestidad desarma cualquier mentira.

Realmente los pianos nunca pueden desafinar. El verdadero pecado no es lo que nos enseñaron; es vivir lejos de la armonía absoluta. Es más poderosa que las verdades y mentiras que decimos todos los días. Me volví hacia él y le pedí gentilmente que se retirara, pues necesitaba vestirme. Y dije:

—El pecado no fue creado por Dios, fue creado por nosotros cuando intentamos transformar lo absoluto en algo relativo. Dejamos de ver el todo y vimos sólo una parte; y esa parte viene cargada de culpa y reglas, los buenos luchando contra los malos y cada lado pensando que tiene la razón.

Me sorprendí con mis propias palabras. Tal vez fuera el miedo que me había afectado más de lo que imaginaba. Pero mi mente parecía estar lejos de ahí.

—Tengo un amigo que es el cónsul de Alemania en tu país. Él podrá ayudarte a rehacer tu vida. Pero cuidado, así como yo, es muy posible que intente hacer que nos ayudes en nuestros esfuerzos de guerra.

De nuevo evitó la palabra *espía*. Yo era una mujer lo bastante experimentada como para escapar de estas trampas. ¿Cuántas veces lo había hecho en mis relaciones con los hombres?

Me llevó hasta la puerta y me acompañó a la estación del tren. En el camino pasamos por una inmensa manifestación frente al palacio del káiser, donde hombres de todas las edades, con los puños levantados, gritaban:

—¡Alemania por encima de todo!

—Si alguien quiere detenernos, quédate quieta y yo me encargo de la conversación. Si te preguntaran algo, sólo responde *sí* o *no*, adopta un aire de aburrimiento y jamás te atrevas a hablar en el idioma del enemigo. Cuando llegues a la estación, no demuestres miedo por ninguna circunstancia; sigue siendo quien eres.

¿Siendo quien soy? ¿Cómo podría ser quien soy, si no sabía exactamente quién era? ¿La bailarina que tomó a Europa por asalto? ¿El ama de casa que se humillaba en las Indias holandesas? ¿La amante de los poderosos? ¿La mujer a la que la prensa llamaba "artista vulgar" y a la que, poco tiempo antes, admiraba e idolatraba?

Llegamos a la estación. Franz me dio un beso respetuoso en la mano y me pidió que tomara el primer tren. Era la primera vez en mi vida que viajaba sin equipaje; hasta cuando llegué a París traía algunas cosas conmigo.

Eso, por más paradójico que pueda parecer, me dio una inmensa sensación de libertad. En breve tendría mi ropa conmigo pero, mientras tanto, estaba dando vida a uno más de los personajes que la vida impuso que estelarizara: la mujer que no tiene absolutamente nada, la princesa que está lejos de

su castillo, siempre consolada por el hecho de que, en breve, estará de regreso.

Después de comprar el boleto para Ámsterdam, descubrí que todavía faltaban algunas horas para que el tren partiera y, por más discreta que quisiera parecer, noté que todos me miraban. Sólo que era un tipo diferente de mirada: no de admiración o de envidia, sino de curiosidad. Las plataformas estaban llenas y, al contrario de mí, todo el mundo parecía llevar sus casas en maletas, sacos o paquetes hechos con alfombras. Escuché a una madre diciéndole a su hija lo mismo que Franz me dijera poco tiempo antes: "Si aparece algún guardia, habla en alemán".

Entonces no eran exactamente personas que pensaban ir al campo, sino posibles "espías", refugiados que volvían a sus países.

Decidí no hablar con nadie y evitar cualquier contacto visual pero, aun así, un señor mayor se me acercó diciendo:

—¿No quiere venir a bailar con nosotros?

¿Habría descubierto mi identidad?

—Estamos ahí, al final de la plataforma. ¡Venga!

Lo seguí instintivamente, sabiendo que estaría más protegida si me mezclaba con extraños. Pronto me vi rodeada de gitanos y, por instinto, sujeté mi bolsa más cerca del cuerpo. Había miedo en sus ojos, pero no parecían entregarse a eso, como si estuviesen acostumbrados a tener que cambiar de expresión todo el tiempo. Habían formado un círculo, batían palmas y tres mujeres bailaban en el centro.

—¿Quiere bailar también? —preguntó el señor que me había llevado ahí.

Respondí que nunca lo había hecho en mi vida. Él insistió y yo le expliqué que, aunque deseara intentarlo, el vestido no me daba libertad de movimientos. Él se dio por satisfecho, comenzó a batir palmas y me pidió que hiciera lo mismo.

—Somos gitanos venidos de los Balcanes —me comentó—. Por lo que supe, fue ahí donde comenzó la guerra. Tenemos que salir de aquí lo más rápido posible.

Iba a explicarle que no, que la guerra no comenzó en los Balcanes y que todo fue un pretexto para encender el barril de pólvora que parecía estar a punto de explotar hacía muchos años. Pero era mejor mantener la boca cerrada, como recomendara Franz.

—... pero la guerra acabará por parar —dijo una mujer de cabellos y ojos negros, mucho más bonita de lo que aparentaba, escondida en sus ropas simplonas—. Todas las guerras terminan, muchos lucran a costa de los muertos y mientras tanto, nosotros seguimos viajando siempre lejos de los conflictos y los conflictos insisten en perseguirnos.

Cerca de nosotros jugaba un grupo de niños, como si nada de aquello tuviese importancia y viajar fuera siempre una aventura. Para ellos, los dragones estaban siempre en constante batalla unos con otros, los caballeros luchaban entre sí vestidos de acero y armados con grandes lanzas, en un mundo en donde si un niño no estuviera persiguiendo a otro sería extremadamente aburrido.

La gitana que había hablado conmigo fue a ellos y les pidió que hicieran menos ruido, pues no podían llamar mucho la atención. Ninguno de los niños le dio la menor importancia.

El mendigo que parecía conocer a todos los que pasaban por la calle principal cantaba:

> El pájaro en la jaula puede cantar sobre libertad, pero seguirá viviendo preso.
>
> *Thea aceptó vivir en la jaula, después quiso escapar, pero nadie la ayudó, porque nadie la entendió.*

Yo no tenía la menor idea de quién era Thea; todo lo que sabía es que debía llegar lo más temprano posible al consulado y presentarme con Karl Kramer, la única persona que conocía en La Haya. Había pasado la noche en un hotel de quinta categoría, temerosa de que me reconocieran y me expulsaran de ahí. La Haya hervía de gente que parecía estar en otro mundo. Por lo visto, las noticias de la guerra no habían llegado por aquí; se quedaron presas en la frontera junto con otros miles de refugiados, desertores, franceses que temían represalias, belgas que huían del frente de batalla, todos pareciendo esperar lo imposible.

Por primera vez estaba feliz de haber nacido en Leeuwarden y tener un pasaporte holandés. Este último había sido

la salvación. Mientras esperaba a ser revisada —y en ese momento me alegré de no traer equipaje—, un hombre que no pude ver bien me lanzó un sobre. Estaba dirigido a alguien, pero el oficial encargado de la frontera vio lo que ocurrió, abrió la carta, volvió a cerrarla y me la entregó sin ningún comentario. Acto seguido, llamó a su compañero alemán y señaló al hombre, que ya se sumía en la oscuridad:

—Un desertor.

El oficial alemán salió en su persecución; ¿la guerra apenas había comenzado y ya las personas se empezaban a desbandar? Vi cuando alzó su rifle y apuntó a la figura que corría. Miré para otro lado cuando disparó. Quiero vivir el resto de mi vida con la sensación de que aquel hombre logró escapar.

El sobre estaba dirigido a una mujer, e imaginé que tal vez esperaba que yo lo pusiera en el correo en cuanto llegara a La Haya.

Saldré de aquí sea cual sea el precio —incluso mi propia vida— ya que puedo ser fusilado como desertor si me atrapan en el camino. Por lo visto, la guerra debe estar comenzando ahora; los primeros soldados franceses aparecieron del otro lado y fueron inmediatamente diezmados por una única ráfaga de ametralladora que yo —justamente yo— disparé por orden del capitán.

Por lo visto, esto acabará pronto, pero aun así mis manos están manchadas de sangre, y lo que hice una vez, no podré hacerlo una segunda; no podré marchar con mi batallón a

París, como todos comentan animados. No podré celebrar las victorias que nos esperan porque todo esto me parece una locura. Cuanto más lo pienso, menos entiendo lo que está sucediendo. Nadie dice nada, porque creo que nadie sabe la respuesta.

Por increíble que pueda parecer, tenemos un servicio de correos aquí. Yo podría haberlo utilizado, pero por lo que supe toda la correspondencia pasa ante los censores antes de ser enviada. Esta carta no es para decirte cuánto te amo —eso ya lo sabes—, ni para hablar de la bravura de nuestros soldados, algo que es sabido en toda Alemania. Esta carta es mi testamento. Estoy escribiendo exactamente debajo del árbol donde, hace seis meses, te pedí tu mano en matrimonio y tú aceptaste. Hicimos planes, tus padres ayudaron con el ajuar, yo busqué una casa con un cuarto extra donde pudiéramos tener a nuestro primer y tan esperado hijo y, de repente, estoy de regreso en el mismo lugar, habiendo pasado tres días cavando trincheras, con lodo de los pies a la cabeza y con la sangre de cinco o seis personas a las que nunca vi antes, que jamás me hicieron ningún mal. Llaman a eso "guerra justa", para proteger nuestra dignidad; como si un campo de batalla fuera el lugar para eso.

Cuanto más presencio los primeros tiros y siento el olor de la sangre de los primeros muertos, más me convenzo de que la dignidad de un ser humano no puede convivir con esto. Necesito terminar ahora porque acaban de llamarme. Pero en cuanto anochezca saldré de aquí, a Holanda o a la muerte.

Pienso que cada día que pasa seré menos capaz de describir lo que está ocurriendo. Por lo tanto, prefiero salir de aquí esta noche y hallar una buena alma que ponga este sobre en el correo por mí.

Con todo mi amor,

Jorn

Los dioses quisieron que, en cuanto llegué a Ámsterdam, encontrara en la plataforma a uno de mis peluqueros de París, vestido con uniforme de guerra. Era conocido por su técnica de colocar *henna* en los cabellos femeninos de tal manera que el colorido siempre parecía natural y agradable a los ojos.

—¡Van Staen!

Él miró hacia donde venía el grito; su rostro se transformó en una máscara de espanto, e inmediatamente comenzó a alejarse.

—¡Maurice, soy yo, Mata Hari!

Pero él seguía alejándose. Eso me enojó. ¿Un hombre en cuyas manos yo había dejado miles de francos ahora huía de mí? Comencé a caminar hacia él y su paso se aceleró. Yo también aceleré el mío y él hizo ademán de correr, pero un caballero que había visto la escena lo sujetó por el brazo, diciendo:

—¡Esa mujer lo está llamando!

Él se resignó a su destino. Se detuvo y esperó a que yo me acercara. En voz baja me pidió que no volviera a mencionar su nombre.

—¿Qué estás haciendo aquí?

Entonces me contó que en los primeros días de la guerra, imbuido de espíritu patriótico, decidió alistarse para defender a Bélgica, su país. Pero en cuanto escuchó el estruendo de los primeros cañones, inmediatamente cruzó a Holanda y pidió asilo. Yo fingí cierto desdén.

—Necesito que me hagas el cabello.

En realidad, necesitaba desesperadamente elevar de nuevo mi autoestima hasta que llegara mi equipaje. El dinero que Franz me diera bastaba para mantenerme uno o dos meses, mientras pensaba en una manera de volver a París. Le pregunté dónde podía hospedarme provisionalmente, ya que tenía por lo menos un amigo ahí y él me ayudaría mientras las cosas se calmaban.

Un año después me había mudado a La Haya gracias a mi amistad con un banquero que conocí en París y que me alquiló una casa, donde solíamos encontrarnos. En un momento dado él dejó de pagar el alquiler, sin nunca decir exactamente por qué, pero quizá por considerar que mis gustos eran "caros y extravagantes", como dijo alguna vez. Recibió como respuesta: "Extravagante es un hombre diez años mayor que yo que quiere recuperar la juventud perdida entre las piernas de una mujer".

Él se lo tomó como una ofensa personal —ésa era la intención— y me pidió que me retirara de la casa. La Haya era un lugar monótono cuando la visité por única vez en mi infancia; ahora, con los racionamientos y la ausencia de vida nocturna a causa de la guerra que arrasaba cada vez con más furor a los países vecinos, la ciudad se había convertido en un asilo de ancianos, un nido de espías y un inmenso bar donde heridos y desertores iban a lamentar sus tristezas, embriagarse y entrar en combates corporales que generalmente terminaban con un muerto. Intenté organizar una serie de presentaciones teatrales basadas en danzas del antiguo Egipto, algo que podía hacer con facilidad, ya que nadie sabía cómo se

bailaba en el antiguo Egipto, y los críticos no podrían poner en duda la autenticidad de nada. Pero los teatros estaban sin público y nadie aceptó mi oferta.

París parecía un sueño cada vez más distante. Pero era el único norte de mi vida, la única ciudad donde me sentía un ser humano, con todo lo que eso significa. Allá yo podría vivir lo que estaba permitido y lo que era pecado. Las nubes eran diferentes, las personas caminaban con elegancia, las conversaciones eran mil veces más interesantes que las poco interesantes discusiones en los salones de belleza de La Haya, donde las personas prácticamente no hablaban, temerosas de estar siendo escuchadas por alguien y, más tarde, estar sujetas a una denuncia en la policía por denigrar y comprometer la imagen de neutralidad del país. Por algún tiempo procuré informarme sobre Maurice van Staen, le pregunté por él a algunas pocas amigas del colegio que se habían mudado a Ámsterdam, pero parecía haberse borrado de la faz de la Tierra con sus técnicas de *henna* y su ridículo acento al imitar el francés.

Mi única salida ahora era lograr que los alemanes me llevaran a París. Y por eso decidí encontrarme con el amigo de Franz, enviándole antes un mensaje explicando quién era y pidiéndole que me ayudara a realizar mi sueño de volver a la ciudad donde había pasado gran parte de mi vida. Había perdido de nuevo los kilos que ganara durante aquel largo y tenebroso periodo; mi ropa jamás llegó a Holanda y, aunque llegara ahora, ya no sería bienvenida porque las revistas mostraban que la moda había cambiado, pero mi "benefactor" me compró todo nuevo. Sin la calidad de París, claro, pero por lo menos con costuras que no se rasgaban al primer movimiento.

Cuando entré en la oficina, vi a un hombre rodeado de todos los lujos que les eran negados a los holandeses: cigarrillos y puros importados, bebidas provenientes de los cuatro rincones de Europa, quesos y embutidos que estaban racionados en los mercados de la ciudad. Sentado al otro lado de la mesa de caoba con filigranas de oro se hallaba un hombre bien vestido y más educado que los alemanes que yo conocí. Hablamos de algunas amenidades y él me preguntó por qué había tardado tanto en visitarlo.

—No sabía que me esperaba. Franz…

—Él me avisó que vendría hace un año.

Se levantó y me preguntó qué bebida deseaba tomar. Escogí licor de anís, que me fue servido por el propio cónsul en vasos de cristal de Bohemia.

—Por desgracia, Franz ya no está entre nosotros; murió durante un cobarde ataque de los franceses.

Por lo poco que sabía, una rápida embestida alemana en agosto de 1914 había sido detenida en la frontera con Bélgica. La idea de llegar a París rápidamente, como decía la carta que me había sido confiada, era ahora un sueño distante.

—¡Teníamos todo muy bien planeado! ¿La estoy aburriendo con esto?

Le pedí que continuara. Sí, me estaba aburriendo, pero yo quería llegar a París lo más pronto posible y sabía que su ayuda me era necesaria. Desde que llegué a La Haya tuve que aprender algo que me fue extremadamente difícil: el arte de la paciencia.

El cónsul percibió la mirada de aburrimiento y procuró resumir al máximo lo que había ocurrido hasta entonces. A pesar de haber enviado siete divisiones al oeste y de haber avanzado velozmente en territorio francés, llegando a cincuenta kilómetros de París, los generales no tenían la menor idea de cómo el Comando General había organizado la ofensiva, lo que provocó una retirada adonde estaban ahora, cerca de un territorio en la frontera con Bélgica. Hacía prácticamente un año que no se movían sin que soldados de un lado o del otro fueran sistemáticamente masacrados. Pero nadie se rendía.

—Cuando acabe esta guerra, estoy seguro de que cada pueblo de Francia, no importa cuán pequeño sea, tendrá un monumento a sus muertos. Cada vez envían más personas para ser partidas en dos por nuestros cañones.

La expresión "partidas en dos" me chocó y él notó mi aire de repulsión.

—Digamos que cuanto más cerca se halle esta pesadilla de llegar a su fin, mejor. Incluso con Inglaterra del lado de ellos e incluso si nuestros estúpidos aliados, los austriacos, están ahora ocupadísimos en detener el avance ruso, acabaremos venciendo. Para eso, sin embargo, necesitamos su ayuda.

¿Mi ayuda? ¿Para interrumpir una guerra que, según lo que había leído o escuchado en las pocas cenas que frecuenté en La Haya, ya había costado la vida de miles de personas? ¿Adónde quería llegar ese hombre?

Y de repente recordé la advertencia de Franz, reverberando en mi cabeza: "No aceptes lo que Kramer te va a proponer".

Pero mi vida ya no podía empeorar todavía más. Estaba desesperada por dinero, sin tener un lugar dónde dormir y las deudas se me acumulaban. Sabía lo que iba a proponerme, pero estaba segura de que lograría encontrar mi manera de escapar a la trampa. Ya había escapado de muchas en mi vida.

Le pedí que fuera directo al punto. El cuerpo de Karl Kramer se puso rígido y su tono cambió bruscamente. Yo ya no era una visitante a la que debía un poco de cortesía antes de abordar asuntos más importantes; comenzaba a tratarme como a su subordinada.

—Supe por la nota que me envió que su deseo es ir a París. Yo puedo hacer eso. Puedo conseguir también una ayuda de veinte mil francos.

—No es suficiente —respondí.

—Esa ayuda será reajustada a medida que la calidad de su trabajo se vaya haciendo visible y concluya el periodo de prueba. No se preocupe; nuestros bolsillos están forrados

de dinero para eso. A cambio, necesito todo tipo de información que pueda conseguir en los círculos que frecuenta.

"Frecuentaba", pensé para mí misma. No sé cómo sería recibida en París un año y medio después; sobre todo porque la última noticia que habían tenido sobre mí era que estaba viajando a Alemania para una serie de espectáculos.

Kramer sacó tres pequeños frascos de un cajón y me los extendió.

—Esto es tinta invisible. Úsela siempre que tenga novedades y envíeselas al capitán Hoffman, que quedará encargado de su caso. Jamás firme con su nombre.

Tomó una lista, la recorrió de arriba abajo e hizo una marca al lado de algo.

—Su nombre de guerra será H21. Recuerde, su firma será siempre H21.

Yo no sabía si aquello era gracioso, peligroso o estúpido. Por lo menos podrían haber escogido un nombre mejor y no unas siglas que más parecían el número del asiento de un tren.

De otro cajón sacó los veinte mil francos en efectivo y me entregó el fajo de billetes.

—Mis subordinados, allá en la sala de enfrente, se encargarán de detalles como pasaportes y salvoconductos. Ya se imaginará que es imposible cruzar una frontera en guerra. Por lo tanto, la única alternativa será viajar a Londres y de ahí a la ciudad donde, en breve, marcharemos bajo el imponente —pero irreal— Arco del Triunfo.

Salí de la oficina de Kramer con todo lo que necesitaba: dinero, dos pasaportes y salvoconductos. Cuando pasé por el primer puente vacié el contenido de los frascos de tinta invisible —cosa de niños que adoran jugar a la guerra, pero que jamás imaginé que sería tomado tan en serio por adultos. Seguí hasta el consulado francés y pedí al encargado de negocios entrar en contacto con el jefe de contraespionaje. Él me atendió con un aire de incredulidad.

—¿Por qué quiere eso?

Le dije que era un asunto particular y que jamás hablaría con subalternos al respecto. Mi aire debe haber sido tan serio que pronto se puso al teléfono con su superior, que me atendió sin revelar su nombre. Le informé que acababa de ser reclutada por el espionaje alemán, le di todos los detalles y pedí una cita con él en cuanto llegara a París, mi próximo destino. Él me preguntó mi nombre, me dijo que era un fanático de mi trabajo y que se encargarían de contratarme en cuanto llegara a la ciudad luz. Le expliqué que todavía no sabía en qué hotel me alojaría.

—No se preocupe; nuestro oficio es justamente descubrir esas cosas.

La vida volvía a ser interesante, aunque sólo podría descubrirlo en cuanto saliese de ahí. Para mi sorpresa, cuando llegué al hotel había un sobre en donde se me pedía que entrara en contacto con uno de los directores del Teatro Real. Mi propuesta había sido aceptada y estaba invitada para mostrar en público las históricas danzas egipcias, siempre que

no incluyeran ningún episodio de desnudez. Pensé que era demasiada coincidencia, pues no sabía si era una ayuda de los alemanes o de los franceses.

Decidí aceptar. Dividí las danzas egipcias en Virginidad, Pasión, Castidad y Fidelidad. Los periódicos locales se deshicieron en elogios, pero después de ocho presentaciones ya estaba muerta de aburrimiento y soñaba con el día de mi gran retorno a París.

Ya en Ámsterdam, donde tenía que esperar ocho horas para la conexión que me llevaría a Inglaterra, decidí salir un poco a caminar y me crucé de nuevo con el mendigo que cantaba aquellos extraños versos sobre Thea. Iba a pasar de largo, pero él interrumpió su canción.

—¿Por qué la siguen?

—Porque soy bonita, seductora y famosa —respondí. Pero él dijo que no era este tipo de gente la que estaba detrás de mí, sino dos hombres que en cuanto notaron que él los había visto desaparecieron misteriosamente.

No recuerdo la última vez que conversé con un mendigo; eso era completamente inaceptable para una dama de sociedad, aunque los envidiosos me vieran como artista o prostituta.

—Aunque pueda no parecerlo, aquí usted está en el paraíso. Puede ser aburrido, pero ¿qué paraíso no lo es? Sé que debe estar en busca de aventuras, y espero que perdone mi impertinencia, pero las personas normalmente son ingratas con lo que poseen.

Le agradecí el consejo y seguí mi camino. ¿Qué clase de paraíso era esa donde nada, absolutamente nada interesante

sucedía? Yo no estaba buscando la felicidad, sino lo que los franceses llamaban *la vraie vie,* la verdadera vida. Con sus momentos de belleza indecible y depresión profunda, con lealtades y traiciones, con temores y momentos de paz. Cuando el mendigo me dijo que me estaban siguiendo, me imaginé ahora en un papel mucho más importante del que siempre había desempeñado: yo era alguien que podía cambiar el destino del mundo, hacer que Francia ganara la guerra mientras fingía que estaba espiando para los alemanes. Los hombres creen que Dios es un matemático, y no lo es. Si fuera algo, sería un jugador de ajedrez, anticipando el movimiento del oponente y preparando su estrategia para derrotarlo.

Y ésa era yo, Mata Hari. Para quien cada momento de luz y cada momento de tinieblas significaban lo mismo. Había sobrevivido a mi matrimonio, a la pérdida de la custodia de mi hija —aunque supiera, a través de terceros, que ella tenía mis fotos pegadas en su lonchera— y en ningún momento me quejé o me quedé inerte en el mismo lugar. Mientras arrojaba piedras con Astruc en las costas de Normandía, me di cuenta de que siempre fui una guerrera, enfrentando mis combates sin amargura; ellos formaban parte de la vida.

Las ocho horas de espera en la estación pasaron rápido y pronto estaba de nuevo en el tren que me llevaba a Brighton. Cuando desembarqué en Inglaterra fui sometida a un rápido interrogatorio; por lo visto yo ya era una mujer vigilada, tal vez por ser quien era, o, lo que me parecía posible, por el servicio secreto francés, que me había visto entrar en el consulado alemán y alertado a todos sus aliados. Nadie sabía de mi telefonema ni de mi devoción por el país al que me dirigía.

Volvería a viajar mucho los siguientes dos años, recorriendo países que todavía no conocía, regresando a Alemania para ver si podía recuperar mis cosas, siendo duramente interrogada por los oficiales ingleses aunque todos, absolutamente todos, supieran que trabajaba para Francia, volviendo a encontrar hombres más interesantes, frecuentando los restaurantes más famosos y, finalmente, cruzando miradas con mi único y verdadero amor, un ruso por el cual yo estaba dispuesta a todo, pero que quedó ciego gracias al gas mostaza que había sido usado indiscriminadamente en esta guerra.

Fui a Vittel arriesgándolo todo por su causa; mi vida había cobrado otro sentido. Solía rezar todas las noches, cuando nos acostábamos, un fragmento del *Cantar de los Cantares.*

> De noche, en mi cama, busqué a aquel a quien ama mi alma; lo busqué y no lo encontré. Me levantaré, pues, y rodearé la ciudad; por las calles y por las plazas buscaré a aquel a quien ama mi alma; lo busqué, y no lo encontré.
>
> Encontráronme los guardias, que rondaban por la ciudad; yo les pregunté: "¿Habéis visto a aquel a quien ama mi alma?"
>
> Apartándome un poco de ellos, pronto hallé a aquel a quien ama mi alma; me agarré a él, y no lo solté.

Y cuando él se retorcía de dolor, yo pasaba la noche en vela cuidando sus ojos y las quemaduras de su cuerpo.

Hasta que la más dura de las espadas traspasó mi corazón cuando lo vi sentado en el banquillo de los testigos, diciendo que jamás se enamoraría de una mujer veinte años mayor que él; su único interés era tener a alguien que cuidara sus heridas.

Y por lo que me contó usted después, doctor Clunet, fue esa fatídica búsqueda de un pase que me permitiera ir a Vittel lo que despertó la sospecha del maldito Ladoux.

A partir de aquí, doctor Clunet, no tengo nada más que agregar a esta historia. Usted sabe exactamente lo que sucedió, como sucedió.

Y en nombre de todo lo que sufrí injustamente, de las humillaciones que estoy obligada a aguantar, de la difamación pública que sufrí en el Tribunal del Tercer Consejo de Guerra, de las mentiras de ambos lados (como si los alemanes y los franceses estuvieran matándose unos a otros, pero no pudieran dejar en paz a una mujer cuyo mayor pecado fue tener una mente libre en un mundo donde las personas se vuelven cada vez más cerradas); en nombre de todo eso, doctor Clunet, en caso de que la última apelación al presidente de la república sea rechazada, le pido, por favor, que guarde esta carta y se la entregue a mi hija Non cuando ella tenga edad para entender todo lo que pasó.

Cierta vez, cuando estaba en una playa de Normandía con mi entonces empresario, míster Astruc, a quien desde que llegué a París vi sólo una vez, él decía que el país pasaba por una ola de antisemitismo y no podía ser visto en mi compañía. Me habló de un escritor, Oscar Wilde. No fue difícil encontrar *Salomé*, la obra a la cual se refería, pero nadie se atrevió a apostar un solo centavo en el montaje que yo estaba dispuesta a producir, aunque sin ningún dinero, porque todavía conocía a gente influyente.

¿Por qué menciono esto? ¿Por qué acabé interesándome por la obra de ese escritor inglés que terminó sus días aquí en París, fue enterrado sin que ningún amigo asistiera a la ceremonia, y sobre quien la única acusación que pesaba era haber sido el amante de un hombre? Ojalá fuera esa también mi condena, porque en el transcurso de estos años estuve en la cama de hombres famosos y de sus esposas, todos en búsqueda insaciable de placeres. Nadie me acusó nunca, está claro, porque serían ellos mis testigos.

Pero volviendo al escritor inglés, hoy maldecido en su país e ignorado en el nuestro, en mis constantes viajes acabé leyendo mucho de su trabajo para teatro y descubrí que también había escrito cuentos para niños.

> Un estudiante quería invitar a bailar a su bien amada, pero ella se rehusó, diciendo que sólo aceptaría si él le trajera una rosa roja. Ocurría que en el lugar donde vivía el estudiante, todas las rosas eran amarillas o blancas.
>
> Un ruiseñor escuchó la conversación. Viendo su tristeza, decidió ayudar al pobre muchacho. Primero pensó en cantar

algo bonito, pero luego concluyó que sería mucho peor; además de estar solo, se pondría melancólico.

Una mariposa que pasaba preguntó qué estaba sucediendo.

—Él sufre por amor. Necesita encontrar una rosa roja.

—Qué ridículo sufrir por amor —respondió la mariposa.

Pero el ruiseñor estaba decidido a ayudarlo. En medio de un inmenso jardín había un rosal, repleto de rosas blancas.

—Dame una rosa roja, por favor.

Pero el rosal contestó que era imposible, que buscara a otro cuyas rosas antes eran rojas y que ahora se habían vuelto blancas. El ruiseñor hizo lo que le había sido sugerido. Voló lejos y encontró al viejo rosal.

—Necesito una flor roja —pidió.

—Estoy demasiado viejo para eso —fue la respuesta—. El invierno congeló mis venas, y el sol decoloró mis pétalos.

—Sólo una —imploró el ruiseñor—. ¡Debe haber una forma!

Sí, había una forma. Pero era tan terrible que el rosal no la quería decir.

—No tengo miedo. Dime lo que puedo hacer para tener una rosa roja. Una única rosa roja.

—Vuelve durante la noche y canta para mí la más linda melodía que los ruiseñores conocen, mientras presionas tu pecho contra una de mis espinas. La sangre subirá por mi sabia y teñirá la rosa.

El ruiseñor lo hizo aquella noche, convencido de que valía la pena sacrificar su vida en nombre del Amor. En cuanto apareció la luna, apretó su pecho contra la espina y comenzó a cantar. Primero era una canción de un muchacho y una mujer que se enamoran. Después, sobre cómo el amor justifica cualquier sacrificio. Y así, mientras la luna cruzaba el cielo, el ruiseñor cantaba y la más bella rosa del rosal iba siendo teñida por su sangre y transformándose.

—Más rápido —dijo el rosal repentinamente—. Pronto nacerá el sol.

El ruiseñor apretó su pecho más todavía, y en ese momento la espina alcanzó su corazón. Aun así siguió cantando, hasta que el trabajo estuvo completo.

Exhausto, sabiendo que estaba a punto de morir, tomó la más bella de todas las rosas rojas y fue a entregársela al estudiante. Llegó a su ventana, depositó la flor y murió.

El estudiante escuchó un ruido, abrió la ventana y ahí estaba aquello con lo que más soñaba en el mundo. Estaba amaneciendo; él tomó la rosa y salió disparado a la casa de la mujer amada.

—Aquí está lo que me pediste —dijo, sudando y contento al mismo tiempo.

—No era exactamente eso lo que quería —respondió la joven—. Es demasiado grande y opacará mi vestido. Además, ya recibí otra propuesta para el baile de esta noche.

Desesperado, el muchacho salió y arrojó la rosa a la cuneta, donde fue inmediatamente aplastada por un carruaje que pasaba. Luego volvió a sus libros, que jamás le habían pedido lo que no podía darles.

Esa fue mi vida; soy el ruiseñor que lo dio todo y murió mientras lo hacía.

Atentamente,

Mata Hari (antes conocida por el nombre escogido por sus padres, Margaretha Zelle, y obligada después a adoptar su nombre de casada, madame MacLeod, siendo finalmente convencida por los alemanes, a cambio de miserables veinte mil francos, a firmar todo lo que escribía como H21).

# *Parte 3*

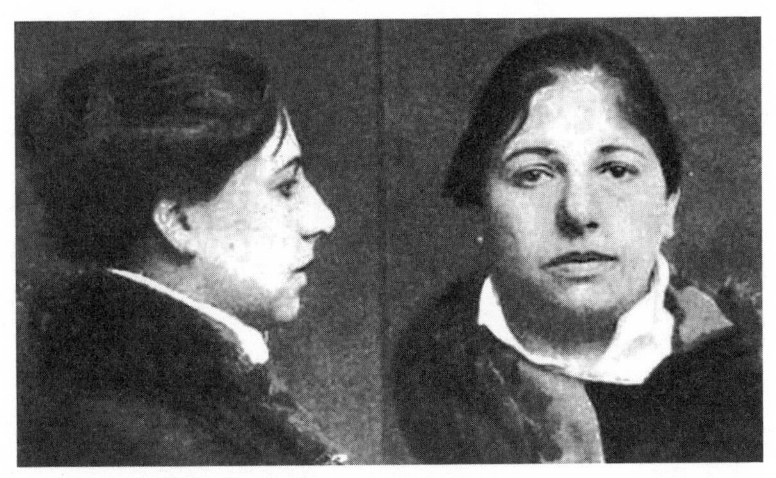

Fotografía policial de Margaretha Geertruida Zelle, 14 de octubre de 1917, Colección del Museo Fries, Leeuwarden, Países Bajos.

París, 14 de octubre de 1917

Estimada Mata Hari:

Aunque usted todavía no lo sepa, su petición de perdón fue denegada por el presidente de la república. Por lo tanto, mañana de madrugada iré a su encuentro y ésa será la última vez que nos veamos.

Tengo once largas horas delante de mí, y sé que no podré dormir un solo segundo esta noche. Por lo tanto, escribo una carta que no será leída por su destinataria, pero que pretendo presentar como pieza final de la averiguación; aunque eso sea absolutamente inútil desde el punto de vista jurídico, por lo menos espero recuperar su reputación todavía en vida.

No pretendo justificar mi incompetencia en la defensa, porque en realidad no fui el pésimo abogado que muchas veces usted me acusó de ser en sus muchas cartas. Sólo quiero revivir —aunque sea para absolverme a mí mismo de un pecado que no cometí— mi calvario de los últimos meses.

Es un calvario que no viví en soledad; yo estaba intentando por todos los medios salvar a la mujer a la que amé un día, aunque jamás lo haya confesado.

Se trata de un calvario que está siendo vivido por toda la nación; en los días de hoy no hay una sola familia en este país que no haya perdido ya un hijo en el frente de batalla. Y, por eso cometemos injusticias, atrocidades, cosas que jamás imaginé que sucedieran en mi país. En el momento en que escribo, varias batallas que parecen no terminar nunca están siendo libradas a doscientos kilómetros de aquí. La mayor y más sangrienta de ellas comenzó por una ingenuidad de nuestra parte: creímos que doscientos mil valientes soldados serían capaces de derrotar a más de un millón de alemanes que marchaban con tanques y artillería pesada en dirección a la capital. Mas a pesar de haber resistido con bravura, a costa de mucha sangre, miles de muertos y heridos, el frente de guerra continúa exactamente donde estaba en 1914, cuando los alemanes iniciaron las hostilidades.

Querida Mata Hari, su error más grande fue haber encontrado al hombre equivocado para hacer lo correcto. Georges Ladoux, el jefe de contraespionaje que entró en contacto con usted en cuanto volvió a París, era un hombre marcado por el gobierno. Había sido uno de los responsables del caso Dreyfus, el error judicial que aún hoy nos avergüenza: condenar a un hombre inocente a la degradación y al exilio. Después de ser desenmascarado por eso, intentó justificar sus actos diciendo que su trabajo "no se limitaba a saber los próximos pasos del enemigo, sino a evitar que bajara la moral de nuestros amigos". Buscó una promoción que le fue negada. Se convirtió en un hombre amargo que necesitaba con urgencia una causa célebre para volver a ser bien visto en los salones gubernamentales. ¿Y quién mejor para eso que una actriz conocida en todo el mundo, envidiada por las mujeres de los oficiales, detestada por la élite que años antes solía deificarla?

El pueblo no podía estar pensando sólo en las muertes que ocurrían en Verdun, Marne y Somme; era necesario distraerlo con algún tipo de victoria. Y Ladoux, sabiéndolo, comenzó a tejer su degradante tela en el momento en que la vio por primera vez. Describió en sus notas su primer encuentro:

> Entró a mi oficina como quien entra en un escenario, desfilando en ropa de gala e intentando impresionarme. No la invité a sentarse, pero ella jaló una silla y se instaló ante mi escritorio de trabajo. Después de contarme la propuesta que le había sido hecha por el cónsul alemán en La Haya, dijo que estaba dispuesta a trabajar para Francia. También se burló de mis agentes que la seguían, diciendo:
>
> —¿Será posible que sus amigos de allá abajo me dejen en paz por algún tiempo? Cada vez que salgo de mi hotel, ellos entran y revuelven todo el cuarto. No puedo ir a un café sin que ocupen la mesa vecina y eso ha asustado a amistades que cultivé por mucho tiempo; ahora ellas ya no quieren ser vistas en mi compañía.

Le pregunté cómo le gustaría servir a la patria. Ella me respondió con petulancia:

—Usted sabe cómo. Para los alemanes soy H21, tal vez los franceses tengan más gusto para elegir los nombres de aquellos que sirven a la patria en secreto.

Le respondí de manera que la frase tuviera un doble sentido:

—Todos sabemos que usted tiene fama de ser muy cara en todo lo que hace. ¿Cuánto va a costar?

—Todo o nada —fue la respuesta.

En cuanto ella salió, le pedí a mi secretaria que me entregara el *dossier Mata Hari*. Después de leer todo el material recolectado, y que nos había costado fortunas en horas de trabajo, no pude descubrir nada comprometedor. Por lo visto, la mujer era más experta que mis agentes y logró disimular muy bien sus nefastas actividades.

O sea que, aunque usted fuera culpable, ellos no podían encontrar nada que la incriminara. Los agentes seguían con sus informes diarios; cuando usted fue a Vittel con su novio ruso, ciego por el gas mostaza en uno de los ataques alemanes, la colección de "reportes" rayaba en lo ridículo.

Las personas del hotel acostumbran verla acompañada siempre del inválido de guerra, posiblemente veinte años más joven que ella. Por su exuberancia y su manera de caminar, estamos seguros de que usa drogas, probablemente morfina o cocaína.

> Comentó con uno de los huéspedes que era de la casa real holandesa. A otro le dijo que tenía un castillo en Neuilly. Cierta vez, cuando salimos a cenar y volvimos al trabajo, estaba cantando en el salón principal para un grupo de jóvenes, y estamos casi seguros de que su único objetivo era corromper a aquellas inocentes niñas y niños que, a esta altura, sabían que estaban ante lo que creían que era "la gran estrella de los escenarios parisinos".
>
> Cuando su amante partió de nuevo al frente de batalla, se quedó todavía en Vittel dos semanas, siempre paseando, almorzando y cenando sola. No pudimos detectar ninguna aproximación de un agente enemigo, pero ¿quién se quedaría en un lugar de aguas termales sin ninguna compañía, salvo que tuviera intereses ocultos? Aunque está bajo nuestra mirada veinte o veinticuatro horas al día, debe haber encontrado una forma de burlar nuestra vigilancia.

Y fue entonces, mi querida Mata Hari, que el golpe más vil de todos fue propinado. Usted también estaba siendo seguida por los alemanes, más discretos y más eficientes. Desde el día de su visita al inspector Ladoux, habían llegado a la conclusión de que pretendía ser una agente doble. Mientras paseaba en Vittel, el cónsul Kramer, que la había reclutado en La Haya, estaba bajo interrogatorio en Berlín. Querían saber sobre los veinte mil francos gastados en una persona cuyo perfil no podía ser más diferente del espía tradicional,

normalmente discreto y prácticamente invisible. ¿Por qué había llamado a alguien tan famosa para ayudar a Alemania en sus esfuerzos de guerra? ¿Estaría él también en contubernio con los franceses? ¿Cómo era que, después de tanto tiempo, la agente H21 no había producido UN SOLO informe? Cada tanto ella era abordada por algún agente, generalmente en medios de transporte público, que pedía por lo menos una pieza de información, pero ella solía sonreír de manera seductora diciendo que todavía no había conseguido nada.

Sin embargo, en Madrid, lograron interceptar una carta que usted le envió al jefe de contraespionaje, el maldito Ladoux, en la cual narra con detalles un encuentro con un alto oficial alemán que, finalmente, había logrado burlar la vigilancia y acercarse a ella.

> Él me peguntó qué había conseguido; si había enviado alguna comunicación con tinta invisible y si ésta se habría perdido en el camino. Le dije que no. Me pidió algún nombre y comenté que había dormido con Alfred de Kiepert.
>
> Entonces, en un ataque de furia, me gritó diciendo que no estaba interesado en saber con quién dormía, o sería obligado a llenar páginas y páginas de ingleses, franceses, alemanes, holandeses y rusos. Yo ignoré la agresión, él se calmó y me ofreció un cigarrillo. Comencé a jugar con mis piernas de manera seductora. Creyendo que estaba ante una mujer con el cerebro del tamaño de un guisante, dejó escapar: "Discúlpeme por mi comportamiento, estoy cansado. Necesito de

> toda la concentración posible para organizar la llegada de municiones que los alemanes y los turcos están enviando a la costa de Marruecos". Además de eso, le cobré los cinco mil francos que Kramer me quedara a deber; él dijo que no tenía autoridad para eso y que le pediría al consulado alemán en La Haya que se encargara del caso. "Siempre pagamos lo que debemos", concluyó.

Las sospechas de los alemanes estaban finalmente confirmadas. No sabemos lo que pasó con el cónsul Kramer, pero Mata Hari era definitivamente una agente doble que, hasta entonces, no había proporcionado ninguna información semejante. Tenemos un puesto de vigilancia de radio en lo alto de la torre Eiffel, pero la mayoría de las informaciones que intercambian entre ellos viene codificada, imposible de leer. Ladoux parecía leer sus reportes y no creer nada; jamás supe si mandó a alguien a verificar la llegada de municiones a las costas de Marruecos. Pero, de repente, un telegrama enviado de Madrid a Berlín en un código que ellos sabían que había sido descifrado por los franceses fue la pieza principal de la acusación, aunque no dijese nada además de su *nom de guerre.*

> la agente h21 fue informada de la llegada de un submarino a las costas de marruecos, y debe ayudar en el transporte de municiones a marne. está de viaje en parís, adonde llegará mañana.

Ladoux tenía ahora todas las pruebas que necesitaba para incriminarla. Pero no era tan tonto como para pensar que un simple telegrama sería capaz de convencer al tribunal militar de su culpa, principalmente porque el caso Dreyfus todavía estaba vivo en la imaginación de todo el mundo; un inocente había sido condenado a causa de una única pieza escrita, sin firma y sin fecha. Por lo tanto, era necesario tender otras trampas.

¿Qué hizo que mi defensa fuera prácticamente inútil? Además de que los jueces, testigos y acusadores ya tenían una opinión formada, usted no ayudó mucho. No puedo culparla, pero esa propensión a la mentira que parece acompañarla desde que llegó a París hizo que fuera desacreditada en cada una de las afirmaciones hechas a los magistrados. La fiscalía aportó datos concretos que probaban que usted no nació en las Indias holandesas, sino que había sido entrenada por sacerdotes indonesios, que era soltera y había falsificado su pasaporte para parecer más joven. En tiempos de paz, nada de eso hubiera sido tomado en cuenta, pero en el Tribunal de Guerra se podía escuchar ya el ruido de las bombas que era traído por el viento.

Así, cada vez que yo argumentaba algo como "ella buscó a Ladoux en cuanto llegó aquí", él contestaba diciendo que su único objetivo era conseguir más dinero y seducirlo con su encanto —lo que demuestra una arrogancia imperdonable, porque el inspector, bajito y con el doble de su peso, pensaba que lo merecía—; que tenía intención de convertirlo en un títere en manos de los alemanes. Para reforzar este hecho, comentó el ataque de zepelines que había precedido a su

llegada, un verdadero fracaso de parte de los enemigos, ya que no alcanzó a ningún lugar estratégico. Pero para Ladoux ésa era una prueba que no podía ser ignorada.

Usted era bella, conocida mundialmente, siempre envidiada, aunque nunca respetada, en los salones donde aparecía. Por lo poco que sé, los mentirosos son personas que buscan popularidad y reconocimiento. Aun confrontados con la verdad, siempre encuentran una manera de escapar, repitiendo fríamente lo que acaban de decir o culpando al culpable de estarse valiendo de imprecisiones. Entiendo que usted quisiera crear historias fantásticas sobre sí misma, ya sea por inseguridad o por su deseo casi visible de ser amada a cualquier precio. Entiendo que para manipular a tantos hombres que eran peritos en el arte de manipular a otros resultaba necesaria un poco de fantasía. Es imperdonable, pero es la realidad; y fue eso lo que la llevó adonde se encuentra ahora.

Supe que solía decir que había dormido con el *Príncipe W.*, el hijo del káiser. Tengo mis contactos en Alemania y todos son unánimes al afirmar que ni siquiera llegó a cien kilómetros del palacio donde él se encontraba durante la guerra. Se vanagloriaba de conocer a mucha gente del Alto Comisariado alemán y lo decía en voz alta para que todos escucharan. Mi querida Mata Hari, ¿qué espía en sus cinco sentidos comentaría tales barbaridades con el enemigo? Pero su deseo de llamar la atención de las personas, en un momento en que su fama estaba en descenso, sólo empeoró las cosas.

Sin embargo, cuando usted estaba en el banquillo de los acusados, fueron ellos quienes mintieron, pero yo defendía a una persona públicamente desacreditada. Es absolutamente patética la lista de acusaciones mencionadas por el fiscal, ya desde el inicio, mezclando verdades que usted contó con mentiras que ellos decidieron entremeter. Quedé aterrado cuando me enviaron el material, momento en que usted finalmente entendió que estaba en una situación difícil y decidió contratarme.

He aquí algunas de las acusaciones.

*1)* Zelle MacLeod pertenece al servicio de inteligencia alemán, donde es conocida por la designación de H21 *(hecho)*.

*2)* Estuvo dos veces en Francia desde el comienzo de las hostilidades, con toda seguridad guiada por sus mentores, a modo de adquirir inteligencia para el enemigo; *usted era seguida veinticuatro horas diarias por los hombres de Ladoux, ¿cómo podía haber hecho eso?*

*3)* Durante su segundo viaje, ofreció sus servicios a la inteligencia francesa cuando, de hecho, como quedó demostrado después, ella compartía todo con el espionaje alemán; *dos errores ahí: usted telefoneó de La Haya programando un encuentro; ese encuentro sucedió con Ladoux ya en el primer viaje, y no fue presentada absolutamente ninguna prueba de secretos "compartidos" con la inteligencia alemana.*

*4)* Volvió a Alemania con el pretexto de recuperar la ropa que ahí había dejado, pero regresó sin nada absolutamente

y fue hecha prisionera por la inteligencia británica, acusada de espionaje. Insistió en que se pusieran en contacto con el doctor Ladoux, pero él mismo se rehusó a confirmar su identidad. Sin ningún argumento ni prueba para detenerla, fue despachada a España e inmediatamente nuestros hombres la vieron dirigiéndose al consulado alemán *(hecho).*

*5)* Bajo el pretexto de tener información confidencial, se presentó enseguida al consulado francés en Madrid, diciendo tener noticias sobre el desembarco de municiones para las fuerzas enemigas que estaba siendo realizado en ese momento por los turcos y los alemanes en Marruecos. Como ya sabíamos de su papel de agente doble, decidimos no arriesgar a ningún hombre en una misión que, según todo indicaba, era una trampa… *(¿?).*

Y así sigue; una serie de puntos delirantes que no vale la pena enumerar, culminando con el telegrama enviado por canal abierto —o código descifrado— para quemar para siempre a aquella que, según Kramer confesó más tarde a su interrogador, había sido "la peor entre las pésimas elecciones de espías que sirvieron a nuestra causa". Ladoux llegó a afirmar que el nombre H21 había sido inventado por usted, y que el verdadero *nom de guerre* era H44, a cuyo entrenamiento fuera sometida en Antuérpia, Holanda, en la famosa escuela de espías de Fräulein Doktor Schragmüller.

En una guerra, la primera víctima es la dignidad humana. Su encarcelamiento, como dije antes, serviría para mostrar la capacidad de los militares franceses y desviar la atención de los miles de jóvenes que estaban cayendo en el campo de batalla. En tiempos de paz, nadie hubiera aceptado tales delirios como pruebas. En tiempo de guerra, era todo lo que el juez necesitaba para mandarla arrestar al día siguiente.

La hermana Pauline, que ha servido como puente entre nosotros, procura mantenerme actualizado de todo lo que sucede en la prisión. Una vez me contó, un poco ruborizada, que pidió ver su álbum de recortes con todo lo que salió sobre usted.

—Fui yo quien lo pidió. No van a juzgarla por tratar de escandalizar a una simple monja.

¿Quién soy yo para juzgarla? Pero desde ese día resolví tener también un álbum semejante sobre usted, aunque no haría eso con ningún otro cliente. Como su caso interesa a toda Francia, lo que no falta son noticias de la peligrosa espía condenada a muerte. Al contrario de Dreyfus, no existe ninguna petición firmada ni manifestación popular pidiendo que le perdonen la vida.

Mi álbum está abierto a mi lado, en la página donde un periódico publica una descripción detallada de lo que ocurrió al día siguiente de su juicio, y sólo encontré un error en el artículo, referente a su nacionalidad.

Ignorando que el Tercer Tribunal Militar estaba juzgando su caso en ese mismo momento, o fingiendo que no estaba preocupada por lo que sucedía, ya que se consideraba una mujer por encima del bien y del mal, siempre informada de los pasos de la inteligencia francesa, la espía rusa Mata Hari acudió al Ministerio de Asuntos Extranjeros con el fin de pedir permiso para ir al frente a encontrarse con su amante, que había sido gravemente herido en los ojos e incluso así era obligado a pelear. Dio como ubicación la ciudad de Verdun, un disfraz para demostrar que no sabía absolutamente nada de lo que estaba ocurriendo en el frente oriental. Fue informada que los papeles en cuestión no habían llegado, pero que el propio ministro se estaba encargando del asunto.

La orden de aprehensión fue librada inmediatamente al final de la sesión a puerta cerrada, vedada a los periodistas. Los detalles de este proceso se darán a conocer al público en cuanto termine el juicio.

El ministro de Guerra ya había emitido y enviado la orden de aprehensión tres días antes al gobernador militar de París —oficio 3455-SCR-10—, pero tenía que esperar a que la acusación fuera formalizada antes de que la orden pudiera ser ejecutada.

Un equipo de cinco personas, liderado por el fiscal del Tercer Consejo de Guerra, se dirigió de inmediato a la habitación 131 del Élysée Palace Hotel, donde encontraron a la sospechosa en bata de seda, todavía tomando su desayuno. Al ser cuestionada de por qué hacía aquello, alegó que había tenido que levantarse muy temprano para ir al Ministerio de Relaciones Exteriores, y que en ese momento estaba muerta de hambre.

Mientras pedían que la acusada se vistiera, revisaron el departamento y encontraron vasto material, en su mayoría ropa y adornos femeninos. También había un permiso para viajar a Vittel y otro para ejercer un trabajo remunerado en el territorio francés, fechado el 13 de diciembre de 1915.

Alegando que todo aquello no pasaba de ser un malentendido, ella exigió que hicieran una lista detallada de lo que se estaban llevando para después poder procesarlos en caso de que algo no volviese a su habitación en perfecto estado esa misma noche.

Sólo nuestro periódico tuvo acceso a lo que ocurrió en su encuentro con el fiscal del Tercer Consejo de Guerra, el doctor Pierre Bouchardon, a través de una fuente secreta que solía proporcionarnos información sobre el destino de personas infiltradas y posteriormente desenmascaradas. Según esta fuente, que nos proveyó de una transcripción completa, el doctor Bouchardon le entregó las acusaciones que pesaban sobre su cabeza y le pidió que las leyera. Cuando terminó, le preguntó si deseaba un abogado, a lo que ella se negó categóricamente, respondiendo sólo:

—¡Pero yo soy inocente! Alguien me está haciendo una broma, yo trabajo para la inteligencia francesa cuando me piden algo, cosa que no ha sucedido con mucha frecuencia.

El doctor Bouchardon le pidió que firmara un documento que nuestra fuente redactó y ella lo hizo de buen grado. Estaba convencida de que aquella tarde volvería a la comodidad de su hotel e inmediatamente contactaría a su "inmenso" círculo de amistades, y que terminaría por esclarecer los absurdos por los cuales estaba siendo acusada.

En cuanto firmó la declaración en cuestión, la espía fue conducida directamente a la prisión de Saint-Lazare, repitiendo constantemente, al borde de la histeria: "¡Yo soy inocente! ¡Yo soy inocente!", mientras nosotros conseguíamos una entrevista exclusiva con el fiscal.

—Ni siquiera era una mujer bonita como todos afirmaban —dijo él—. Pero su completa falta de escrúpulos, su completa ausencia de compasión, hizo que manipulara y arruinara a los hombres, llevando al suicidio por lo menos a uno. La persona que tuve ante mí era una espía en cuerpo y alma.

De ahí nuestro equipo fue a la prisión de Saint-Lazare, donde ya había otros periodistas hablando con el director general de la cárcel. Él parecía compartir la opinión del

doctor Bouchardon, y también la nuestra, de que la belleza de Mata Hari se había desvanecido con el tiempo.

—Ella sigue siendo bella sólo en sus fotos —decía—. La vida disipada que mantuvo durante tanto tiempo hizo que la persona que entró hoy aquí tuviera ojeras inmensas, cabellos que estaban comenzando a decolorarse en las raíces, y un comportamiento bastante peculiar, porque no decía nada además de "¡Yo soy inocente", siempre a los gritos, como si estuviera en esos días en que la mujer, a causa de su naturaleza, no puede controlar bien su propio comportamiento. Me sorprendió el mal gusto de ciertos amigos míos que tuvieron un contacto más íntimo con ella.

Eso fue confirmado por el médico de la prisión, el doctor Jules Socquet, que después de atestiguar que ella no sufría de ningún tipo de enfermedad, no tenía fiebre, su lengua no presentaba signos de problemas estomacales y la auscultación de los pulmones y el corazón no mostró ningún síntoma sospechoso, la liberó para que fuera puesta en una de las celdas de Saint-Lazare, no sin antes pedir a las hermanas encargadas de aquella ala que le proveyesen toallas higiénicas, ya que la prisionera estaba menstruando.

Y fue entonces, sólo entonces, después de muchos interrogatorios a manos de aquel que llamamos el *Torquemada de París*, que usted entró en contacto conmigo y fui a visitarla a la prisión de Saint-Lazare. Pero ya era tarde; muchas de las deposiciones ya la habían comprometido a los ojos de aquel que, según medio París sabía, había sido traicionado por su propia esposa. Un hombre así, querida Mata Hari, es como una fiera sangrando a los ojos de todo aquel que busca venganza y no justicia.

Leyendo sus declaraciones antes de mi llegada, vi que estaba mucho más interesada en mostrar su importancia que en defender su inocencia. Hablaba de amigos poderosos, éxito internacional y teatros abarrotados, cuando debía estar haciendo exactamente lo opuesto, mostrando que era una víctima, un chivo expiatorio del capitán Ladoux, quien la había utilizado en su batalla interna con otros colegas para asumir la dirección general del servicio de contraespionaje.

Cuando volvía a su celda, según me contó la hermana Pauline, lloraba sin parar, pasaba las noches en vela temerosa de las ratas que infestaban aquella infame prisión, hoy en día utilizada sólo para quebrar los ánimos de los que se

creían fuertes, como usted. Decía que el impacto de todo eso terminaría por enloquecerla antes del juicio. Más de una vez pidió ser internada, ya que estaba prácticamente confinada en una celda solitaria, sin contacto alguno, y el hospital de la prisión, por pocos recursos que tuviera, cuando menos le permitiría hablar con alguien.

Mientras eso pasaba, sus acusadores comenzaban a desesperarse, porque no habían encontrado entre sus pertenencias nada que la incriminara; lo máximo que hallaron fue una bolsa de cuero con varias tarjetas de visita. Bouchardon mandó a entrevistar a uno por uno de aquellos caballeros respetables que durante años habían vivido implorando su atención, y todos ellos negaron tener ningún contacto más íntimo con usted.

Los argumentos del fiscal, el doctor Marnet, rayaban en lo patético. En un momento determinado, a falta de pruebas, alegó:

> Zelle es el tipo de mujer peligrosa que vemos hoy en día. La facilidad con que se expresa en diversas lenguas —especialmente el francés—, sus numerosas relaciones en todas las áreas, su manera sutil de insinuarse en los círculos sociales, su elegancia, su notable inteligencia, su inmoralidad, todo eso colabora para que sea vista como una sospechosa en potencia.

Curiosamente, hasta el mismo inspector Ladoux acabó testificando por escrito a su favor; no tenía absolutamente nada que mostrar al *Torquemada de París*. Y declaró, complementando:

> Es evidente que ella estaba al servicio de nuestros enemigos, pero es necesario probarlo y no tengo nada para confirmar esta afirmación. Si usted desea pruebas indispensables para el interrogatorio, mejor diríjase al Ministerio de Guerra, que está en custodia de esos documentos. Por mi parte, estoy convencido de que una persona que puede viajar durante los tiempos en que vivimos y tener contacto con tantos oficiales ya es prueba suficiente, aun cuando no haya nada por escrito o no sea un tipo de argumentación admitida en los tribunales de guerra.

Estoy tan cansado que llegué a un momento de confusión mental; pienso que estoy escribiendo esta carta para usted, que se la entregaré y que todavía tendremos tiempo juntos para mirar al pasado, con las heridas cicatrizadas y poder —¿quién sabe?— borrar todo eso de nuestra memoria.

Pero, en realidad, escribo para mí mismo, para convencerme de que hice todo lo posible e imaginable; primero intentando sacarla de Saint-Lazare, después luchando por salvar su vida y finalmente teniendo la posibilidad de escribir un libro contando la injusticia de la cual fue víctima por el pecado de ser mujer, por el gran pecado de ser libre, por el inmenso pecado de desnudarse en público, por el peligroso pecado de relacionarse con hombres cuya reputación debía ser mantenida a cualquier precio. Eso sólo sería posible en el caso de que usted desapareciera para siempre de Francia o del mundo. De nada sirve describir aquí las cartas y mociones que envié a Bouchardon, mis tentativas de reunirme con el cónsul de Holanda, y tampoco la lista de errores de Ladoux. Cuando la investigación amenazó con parar por falta de pruebas, él le informó al gobernador militar de París que estaba en posesión de varios telegramas alemanes —un

total de veintiún documentos— que la comprometían a usted hasta el alma. ¿Y qué decían esos telegramas? La verdad: que buscó a Ladoux cuando llegó a París, que no le pagaron por su trabajo, que exigió más dinero, que tenía amantes en los altos círculos, pero NADA, absolutamente nada que contuviera alguna información confidencial de nuestro trabajo o del movimiento de nuestras tropas.

Por desgracia, no pude asistir a todas sus conversaciones con Bouchardon, porque la criminal "ley de seguridad nacional" había sido promulgada y los abogados de la defensa no eran admitidos en muchas sesiones. Una aberración jurídica siempre justificada en nombre de la "seguridad de la patria". Pero tenía amigos en altos puestos y supe que usted cuestionó severamente al capitán Ladoux, diciendo que había creído en su sinceridad cuando él le ofreció dinero para trabajar como agente doble y espiar a favor de Francia. A estas alturas, los alemanes sabían exactamente lo que ocurriría con usted y también sabían todo lo que podían hacer para comprometerla todavía más. Pero al contrario de lo que pasaba en nuestro país, ya habían olvidado a la agente H21 y estaban concentrados en detener la ofensiva aliada con lo que realmente cuenta: hombres, gas mostaza y pólvora.

Sé de la reputación de la prisión adonde iré a visitarla por última vez esta madrugada: un antiguo leprosario, después hospicio convertido en sitio de detención y ejecución durante la Revolución francesa. La higiene es prácticamente inexistente, las celdas no están bien ventiladas, las enfermedades se propagan a través del aire fétido que no tiene por dónde circular. Está habitada básicamente por prostitutas y gente cuya familia, a través de contactos, quiere que se aparte de la convivencia social. Sirve también de estudio para médicos interesados en el comportamiento humano, a pesar de haber sido denunciada ya por uno de ellos:

> Esas jóvenes son de gran interés para la medicina y para los moralistas; pequeñas criaturas indefensas que, a causa de peleas entre herederos, son enviadas aquí a la edad de hasta siete u ocho años, bajo el pretexto de "corrección paterna", pasando su infancia rodeadas de corrupción, prostitución y enfermedades, hasta que al ser liberadas a los dieciocho o veinte años ya no tienen voluntad de vivir o de regresar a casa.

Hoy en día, una de sus compañeras de celda es lo que llamamos una "luchadora por los derechos femeninos". Y lo que es peor, "pacifista", "derrotista" y "antipatriota". Las acusaciones en contra de Hélène Brion, la prisionera a quien me refiero, son muy parecidas a las suyas: recibir dinero de Alemania, intercambiar correspondencia con soldados y fabricantes de municiones, dirigir sindicatos, tener el control de los trabajadores y publicar periódicos clandestinos afirmando que las mujeres tienen los mismos derechos que los hombres.

El destino de Hélène será, probablemente, igual al suyo, aunque yo tenga mis dudas, porque es de nacionalidad

francesa, tiene amigos influyentes en los diarios y no usó el arma más condenada por todos los moralistas que en este momento hacen de usted una de las favoritas para habitar el infierno de Dante: la seducción. Madame Brion se viste como hombre y se enorgullece por eso. Además, fue juzgada como traidora por el Primer Consejo de Guerra, que tiene un historial más justo que el tribunal comandado por Bouchardon.

Me quedé dormido sin darme cuenta. Acabo de mirar el reloj y faltan sólo tres horas para estar en esa prisión maldita, en nuestro último encuentro. Imposible decir todo lo que pasó desde que usted me contrató en contra de su voluntad, porque pensaba que su inocencia era suficiente para librarla de las redes de un sistema jurídico del cual siempre nos enorgullecemos, pero que en estos tiempos de guerra se convirtió en una aberración de la justicia.

Fui a la ventana. La ciudad duerme, excepto por los grupos de soldados venidos de toda Francia, que pasan cantando en dirección al Andén de Austerlitz sin saber el destino que les aguarda. Los rumores no dejan que nadie descanse bien. Hoy por la mañana decían que habíamos empujado a los alemanes más allá de Verdun; por la tarde algún periódico alarmista dijo que batallones turcos están desembarcando en Bélgica y siguiendo hacia Estrasburgo, de donde vendrá el ataque final. Vamos de la euforia a la desesperación varias veces al día.

Imposible contar todo lo que ocurrió desde el día 13 de febrero, cuando usted fue arrestada, hasta el día de hoy, cuando enfrentará al pelotón de fusilamiento. Dejaremos que la historia me haga justicia a mí, a mi trabajo. Tal vez algún

día la historia también le haga justicia a usted, aunque lo dudo. Usted no fue sólo una persona acusada injustamente de espionaje, sino alguien que osó desafiar ciertas costumbres, lo que es imperdonable.

Y sin embargo, bastaría una página para resumir lo que sucedió: intentaron rastrear el origen de su dinero, y luego esa parte fue sellada como "secreta", porque llegaron a la conclusión de que muchos hombres de alta posición estarían comprometidos. Sus antiguos amantes, sin ninguna excepción, negaron conocerla. Hasta el ruso del cual usted estaba enamorada y dispuesta a ir a Vittel, aunque eso causara riesgos y sospechas, apareció con un ojo todavía vendado y leyó en lengua francesa su texto de deposición, una carta que fue leída en el tribunal con el único objetivo de humillarla públicamente. Las tiendas donde usted hacía sus compras estuvieron bajo sospecha y varios periódicos se dedicaron a publicar sus deudas en los pagos, a pesar de que usted todo el tiempo aseguraba que sus "amigos" se habían arrepentido de haberle dado regalos y desaparecieron súbitamente sin pagar nada.

Los jueces fueron obligados a escuchar de Bouchardon frases del tipo: "En la guerra de los sexos, todos los hombres, por más peritos que sean en muchas artes, son siempre derrotados fácilmente". Y logró hacer que se escucharan otras perlas como: "En una guerra, el simple contacto con un ciudadano de un país enemigo ya es sospechoso y condenable". Le escribí al consulado holandés pidiendo que me enviaran algo de la ropa que había sido dejada en La Haya, para que usted pudiera presentarse dignamente ante el tribunal. Pero, para mi sorpresa, a pesar de los artículos que aparecían con cierta frecuencia en los diarios de su patria, el gobierno del reino de Holanda sólo fue notificado del juicio el día en que éste comenzó. De cualquier manera, en nada habrían ayudado; temían que eso afectara la "neutralidad" del país.

Cuando la vi entrar en el tribunal, el 24 de julio, con los cabellos desaliñados y la ropa descolorida, pero con la cabeza erguida y el paso firme, como si hubiera aceptado su destino, rechazando la humillación pública que querían imponerle, había entendido que la batalla llegaba a su final y sólo le restaba partir con dignidad. Días antes, el mariscal Pétain había mandado ejecutar a un sinnúmero de soldados, acusados de traición porque se rehusaron a un ataque frontal contra las ametralladoras alemanas. Los franceses vieron, en su postura ante los jueces, una forma de desafiar las muertes y…

Basta. De nada sirve pensar en algo que, estoy seguro, me perseguirá por el resto de mi vida. Lamentaré su partida, esconderé mi vergüenza por haberme equivocado en algún punto oscuro o por pensar que la justicia de guerra es la misma que en los tiempos de paz. Llevaré esta cruz conmigo pero, para intentar curar cualquier herida, necesito dejar de rascar el lugar infectado.

Sin embargo, sus acusadores cargarán cruces mucho más pesadas. Aunque hoy rían y se feliciten entre ellos, el día vendrá en que toda esta farsa será descubierta. Aunque eso no ocurra, ellos saben que condenaron a alguien inocente porque tenían que distraer al pueblo, de la misma manera que nuestra Revolución, antes de traer igualdad, fraternidad y libertad, tuvo que poner la guillotina en la plaza pública para entretener con sangre a aquellos a quienes todavía les faltaba el pan. Amarraron un problema con otro, creyendo que acabarían encontrando una solución, pero lo que hicieron fue crear una pesada cadena de acero indestructible, una cadena que tendrán que arrastrar durante toda la vida.

Existe un mito griego que siempre me ha fascinado y que, pienso, resume su historia. Érase una vez una linda princesa, admirada y temida por todos porque parecía ser demasiado independiente. Su nombre era Psique.

Desesperado porque acabaría con una hija solterona, su padre recurrió al dios Apolo, quien decidió resolver el problema: ella tendría que ir sola, vestida de luto, a lo alto de una montaña. Antes del amanecer, una serpiente vendría a casarse con ella. Curioso, porque en su foto más famosa, usted tiene esta serpiente en la cabeza.

Pero volvamos al mito: el padre hizo que Apolo la mandara y a lo alto de la montaña fue enviada; aterrada, muriendo de frío, acabó por quedarse dormida, segura de que moriría.

Sin embargo, al día siguiente despertó en un lindo palacio, convertida en reina. Todas las noches se reunía con su marido, pero él le exigía que obedeciera una única condición: confiar totalmente en él y jamás ver su rostro.

Después de algunos meses juntos, ella estaba enamorada de él, cuyo nombre era Eros. Adoraba sus conversaciones, sentía un inmenso placer al hacer el amor y era tratada con todo el respeto que merecía. Y al mismo tiempo, temía estar casada con una horrible serpiente.

Cierto día, no pudiendo ya controlar su curiosidad, esperó a que su marido se durmiera, movió delicadamente la sábana y, con la luz de una vela, pudo ver el rostro de un hombre de increíble belleza. Pero la luz lo despertó, y entendiendo que su mujer no había sido capaz de ser fiel a su única petición, Eros desapareció.

Cada vez que recuerdo ese mito, me pregunto: ¿jamás podremos ver el verdadero rostro del amor? Y entiendo lo que los griegos quisieron decir: el amor es un acto de fe en otra persona, y su rostro debe estar siempre cubierto por el misterio. Cada momento debe ser vivido con sentimiento y emoción, porque si tratamos de descifrarlo y entenderlo, la magia desaparece. Seguimos sus caminos tortuosos y luminosos, nos dejamos ir a lo más alto de la tierra y a lo más profundo de los mares, pero confiamos en la mano que nos conduce. Si no nos dejamos asustar, despertaremos siempre en un palacio; si tememos los pasos que serán exigidos por el amor y queremos que nos revele todo, el resultado será que no conseguiremos nada más.

Y pienso, mi adorada Mata Hari, que ése fue su error. Después de años en una montaña helada terminó por renegar totalmente del amor y decidió transformarlo en su esclavo. El amor no obedece a nadie y sólo traiciona a quienes intentan descifrar su misterio.

Hoy usted es prisionera del pueblo francés y en cuanto el sol se levante será libre. Sus acusadores seguirán teniendo que empujar, cada vez con más fuerza, los grilletes que forjaron para justificar su muerte y que terminaron por agarrarse a sus pies. Los griegos tienen una palabra llena de significados contradictorios: *metanoia*. A veces quiere decir arrepentimiento, contrición, confesión de los pecados, promesa de no repetir nuestros errores.

Pero otras veces significa ir más allá de lo que sabemos, estar frente a frente con lo desconocido, sin recuerdos ni memoria, sin entender cómo dar el próximo paso. Somos presos de nuestra vida, de nuestro pasado, de las leyes de lo que consideramos cierto o equivocado; y de repente todo cambia. Caminamos sin miedo por las calles y saludamos a nuestros vecinos, pero momentos después ellos ya no son nuestros vecinos, pusieron cercas y alambradas para que ya no podamos ver las cosas como eran antes. Así será conmigo, con los alemanes, pero sobre todo con los hombres que decidieron creer que sería más fácil dejar morir a una inocente que reconocer sus propias equivocaciones.

Es una pena que lo que sucede hoy ya ocurrió ayer y volverá a suceder mañana; y así seguirá ocurriendo hasta el final de los tiempos, o hasta que el hombre descubra que ya no es sólo lo que piensa, sino principalmente lo que siente. El cuerpo se cansa con facilidad, pero el espíritu es siempre libre y nos ayudará a salir, algún día, de este círculo infernal de repetir los mismos errores en cada generación. Aunque los pensamientos sigan siendo los mismos, existe algo que es más fuerte que ellos y eso se llama Amor.

Porque cuando amamos de verdad, conocemos mejor a los demás y a nosotros mismos. Ya no necesitamos palabras, documentos, actas, deposiciones, acusaciones y defensas. Sólo necesitamos repetir lo que dice el Eclesiastés:

> En lugar de justicia había impiedad, en lugar de rectitud había todavía más impiedad. Pero Dios juzgará a todos, al justo y al impío; Dios los juzgará a ambos, pues hay un tiempo para todo propósito, un tiempo para todo lo que sucede.

Que así sea. Vaya con Dios, amada mía.

# L'espionne Mata-Hari a été fusillée hier matin à Vincennes

C'est hier matin qu'a été passée par les armes la danseuse Mata-Hari — ou plutôt l'espionne Marguerite-Gertrude Zelle, qui avait profité de l'accueil qu'on lui faisait dans notre pays pour le trahir pendant plusieurs années. Elle avait été condamnée à mort le 24 juillet dernier par le 3e conseil de guerre de Paris, pour espionnage et intelligences avec l'ennemi.

Avant la guerre, elle était déjà à la solde de l'Allemagne. Fréquentant, à Berlin, les

**Mata-Hari** Cl. Talbot.

milieux politiques, militaires et policiers, elle était immatriculée sus les registres de l'espionnage boche.

Dès le début des hostilités, elle s'aboucha directement, hors du territoire français, avec de hautes personnalités ennemies. Depuis le mois de mai 1916 elle reçut de l'Allemagne, à diverses reprises, des sommes importantes comme rémunération des indications dont elle se fit la pourvoyeuse.

C'est le 13 février 1917, au cours de son deuxième voyage en France, qu'elle fut arrêtée.

Nota sobre la detención de Mata Hari publicada en *Le Petit Parisien* el 16 de octubre de 1917.

# Epílogo

El día 9 de octubre, cuatro días después de la ejecución de Mata Hari, su principal acusador, el inspector Ladoux, fue acusado de espionaje por los alemanes y encarcelado. A pesar de alegar su inocencia, fue insistentemente cuestionado por los servicios de contraespionaje prestados a los franceses, aunque la censura gubernamental, legalizada durante el periodo de conflicto, haya impedido que el hecho se abriera paso hasta los periódicos. Alegó en su defensa que la información había sido plantada por el enemigo:

—No es mi culpa que mi trabajo haya terminado dejándome expuesto a todo y a cualquier tipo de intriga, mientras los alemanes recopilaban datos que eran fundamentales para la invasión del país.

En 1919, un año después del final de la guerra, Ladoux fue liberado, pero su reputación de agente doble lo acompañó hasta la tumba.

El cuerpo de Mata Hari fue enterrado en una fosa anónima, jamás localizada. Según las costumbres de la época, fue decapitada y su cabeza entregada a los representantes del gobierno. Durante años estuvo guardada en el Museo de Anatomía, en la *rue des Saint-Pères*, en París, hasta que, no se sabe exactamente

en qué fecha, desapareció de la institución. Los responsables notaron su ausencia sólo hasta el año 2000, aunque se cree que la cabeza de Mata Hari habría sido robada mucho antes.

En 1947, el fiscal André Mornet, a estas alturas denunciado públicamente como uno de los juristas que fundamentó los procesos para retirar las "naturalizaciones apresuradas" (de los judíos) en 1940, y el gran responsable de la condena a muerte de aquella que afirmaba ser "la Salomé de los tiempos modernos, cuyo único objetivo es entregar a los alemanes la cabeza de nuestros soldados", confesó al periodista y escritor Paul Guimard que todo el proceso estuvo basado en deducciones, extrapolaciones y suposiciones, concluyendo con la frase:

> ... aquí entre nos, la evidencia que teníamos era tan insuficiente que no serviría siquiera para condenar a un gato.

# Nota del autor

Aunque todos los hechos de este libro hayan sucedido, me vi obligado a crear algunos diálogos, fundir ciertas escenas, alterar el orden de algunos eventos y eliminar todo aquello que juzgué no ser relevante para la narrativa.

Para quien desee conocer mejor la historia de Mata Hari, recomiendo: *Femme Fatale: Love, Lies, and the Unknown Life of Mata Hari* (2007), el excelente libro de Pat Shipman; además de *Mata Hari: Sa véritable histoire* (2003), de Philip Collas (bisnieto del doctor Pierre Bouchardon, uno de los personajes del libro), quien tuvo acceso a material completamente inédito; "Le dossier Mata Hari", de Frédéric Guelton, en *Revue historique des armées*, 247, (2007), pp. 82-85; y "Mournful Fate of Mata Hari, the Spy Who Wasn't Guilty", de Russell Warren Howe, *Smithsonian, 17*, (mayo de 1986), disponible en línea —entre muchos otros artículos que utilicé para la investigación.

El *Dossier Mata Hari*, escrito por el servicio de inteligencia británica, se hizo público en 1999, y puede ser visto íntegramente en mi página web <paulocoelhoblog.com/wp-content/uploads/2016/06/Mata-Hari_Confidential.pdf>, o consultado directamente en The National Archives del

Reino Unido, con el código de referencia KV 2/1 <http://www.nationalarchives.gov.uk/documents/filesonfilm/mata-hari-alias-mcleod-margaretha-geertruida-marguerite-gertrude-kv-2-1.pdf>.

Quiero agradecer a mi abogado, el doctor Shelby du Pasquier, y a sus asociados por sus importantes aclaraciones sobre el juicio; a Anna von Planta, mi editora suiza-alemana, por la rigurosa revisión histórica, aunque debemos tener en cuenta que el personaje principal tendía a fantasear sobre los hechos; y a Annie Kougioum, amiga y escritora griega, por su ayuda en los diálogos y en el armado de la historia.

Este libro está dedicado a J.

143727

*Reply should be addressed to H.M. Inspector under the Aliens Act, Home Office, London, S.W., and the following reference quoted:—*

**HOME OFFICE.**

W.O. 1,101

SECRET
140,193/M.I.5.E. 15th December 1916.

To the Aliens Officer.

Z E L L E, Margaretha Geertruida

Dutch actress, professionally known as MATA HARI.

The mistress of Baron E. VAN DER CAPELLAN, a Colonel in a Dutch Hussar Regiment. At the outbreak of war left Milan, where she was engaged at the Scala Theatre, and travelled through Switzerland and Germany to Holland. She has since that time lived at Amsterdam and the Hague. She was taken off at Falmouth from a ship that put in there recently and has now been sent on from Liverpool to Spain by s.s. "Araguaga", sailing December 1st,

Height 5'5", build medium, stout, hair black, face oval, complexion olive, forehead low, eyes grey-brown, eyebrows dark, nose straight, mouth small, teeth good, chin pointed, hands well kept, feet small, age 39.

Speaks French, English, Italian, Dutch, and probably German. Handsome bold type of woman. Well dressed.

If she arrives in the United Kingdom she should be detained and a report sent to this office.

Former circulars 61207/M.O.5.E. of 9th December, 1915 and 74194/M.I.5.E. of 22nd. February, 1916 to be cancelled.

W. HALDANE PORTER.

H.M. Inspector under the Aliens Act.

Copies sent to Aliens Officers at "Approved Ports" four Permit Offices, Bureau de Controle, New Scotland Yard and War Office (M.I. 5(e)).

Descripción y orden de arresto de Mata Hari, 15 de diciembre de 1916. Archivos Nacionales del Reino Unido.